1

L'apparition

Vous avez déjà vécu ça ? Vous dormez si profondément que vous vous réveillez soudain en nage, sans savoir où vous êtes, avec la certitude qu'un danger imminent va vous sauter à la figure.

C'est comme ça que tout a commencé. Très précisément une semaine avant les vacances de Noël.

Je dormais à poings fermés, entortillé dans ma couverture, quand le rugissement d'un fauve a retenti contre mon oreille.

J'ai fait un bond comme si l'on m'avait électrocuté, et mon cœur a failli s'arrêter. Il faisait si noir que je ne distinguais pas le bout du lit. J'ai cherché l'interrupteur de la lampe, l'ai allumée d'une main tremblante – avant de pousser un soupir de soulagement.

J'étais au collège Chateaubriand, en sûreté dans mon petit box d'interne. Pas de fauve sous mon lit, personne dans l'allée centrale où j'ai risqué un œil. À part moi, tout le monde dormait dans le dortoir surchauffé, bien à l'abri derrière le rideau de son box.

Je finissais par croire que j'avais rêvé quand un nouveau grondement m'a coupé les jambes. Un mugissement plutôt, suivi d'une sorte de gargouillis de nourrisson, comme une moto qui peine à démarrer.

Le box de P. P. Cul-Vert est en face du mien. C'était lui que j'entendais ronfler de l'autre côté de l'allée.

Une seconde, la tentation m'a traversé d'aller le vider de son lit pour lui apprendre les bonnes manières. Mais P. P. a beau être un voisin insupportable, c'est mon meilleur copain. Il avait attrapé un rhume du tonnerre et je ne sais pas ce qui était le plus pénible : l'entendre ronfler la nuit ou le voir trompeter à longueur de journée dans un mouchoir brodé à ses initiales…

Un coup d'œil à ma montre : une heure du matin. J'avais la bouche sèche, une barre entre les yeux. J'ai enfilé des chaussons, une veste de jogging et je suis sorti sans bruit du dortoir.

Ma lampe torche n'a presque plus de piles et elle faisait du morse toute seule. En arrivant sur la galerie extérieure, je n'en ai pas cru mes yeux…

Il neigeait ! C'était la première neige de l'année, et la nuit la rendait encore plus magique. La cour était devenue blanche, les toits du collège miroitaient dans l'obscurité. Pas une lumière aux fenêtres. Tout était silencieux. Je suis resté un moment à regarder les flocons danser dans la nuit comme de minuscules fantômes avant de m'apercevoir que je claquais des dents.

Jean-Philippe Arrou-Vignod

Enquête au collège

L'élève qui n'existait pas

Illustrations de Serge Bloch

GALLIMARD JEUNESSE

FOLIO JUNIOR

Enquête au collège

1. Le professeur a disparu

2. Enquête au collège

3. P. P. Cul-Vert détective privé

4. Sur la piste de la salamandre

5. Le mystère du Loch Ness

6. Le Club des Inventeurs

7. Sa Majesté P. P. Ier

8. L'élève qui n'existait pas

Il n'y a pas que des inconvénients à être pensionnaire. Bien sûr, quand vos copains rentrent chez eux, le soir après les cours, ça vous tord un peu le cœur. Ils vont retrouver leur maison, leur famille, alors que, pour vous, c'est l'étude surveillée, le dîner au réfectoire et les ronflements dans le box d'en face qui vous empêchent de dormir… Mais à part les internes, qui peut avoir la chance incroyable de se promener la nuit dans le collège désert alors qu'il neige à gros flocons ?

À cette heure, le concierge a fait sa dernière ronde, les surveillants pioncent dans leur chambre, aucune chance d'être surpris. Sans bruit, j'ai dévalé l'escalier en me battant toujours avec ma lampe torche.

Chaque dortoir a sa propre salle d'eau, un étage en dessous. La nôtre est une grande pièce sonore et jaunâtre, avec une rangée de lavabos au centre et des douches cracras dont les portes ressemblent à des portes de saloon. On y passe le moins de temps possible… Mais il y a toujours un petit malin qui vous fauche votre serviette pour s'en servir de tapis de bain, ou qui vide votre tube de dentifrice pour dessiner des trucs idiots sur le miroir.

J'avais une soif de tous les diables. Je suis entré sans allumer avant de boire longuement au robinet.

Quand j'ai relevé la tête, il y avait un garçon en face de moi qui me regardait comme s'il avait vu un fantôme.

J'ai failli m'éborgner contre le porte-savon.

– Qu'est-ce que tu fais là ? Tu m'as fichu une sacrée trouille !

Il n'en menait pas large, visiblement. Si je ne m'étais pas trouvé entre lui et la sortie, il aurait pris ses jambes à son cou. Il s'est reculé dans l'ombre et je ne voyais que ses grands yeux qui me fixaient sans ciller.

– T'entends ce que je te dis ? Qu'est-ce que tu fais là ?

Je lui ai braqué ma torche dans la figure et il a levé le bras comme si j'allais le gifler.

Ça m'a énervé.

– De quoi t'as peur ? Je vais pas te mordre. T'es un sixième ?

Il a hoché la tête. Même pour un sixième, il ne paraissait pas bien grand. Peut-être à cause de l'espèce d'imperméable crasseux qu'il portait en guise de robe de chambre sur son pyjama, et dans lequel il semblait flotter.

– Je t'ai jamais vu au collège, j'ai grogné. T'es nouveau ?

Il a fait oui de la tête.

– T'es muet ou t'as seulement la trouille ?

Je parlais fort exprès, histoire de lui montrer à qui il avait affaire. C'était bête, mais si les petits sixièmes se mettent à faire comme les anciens, on va où ?

– Je sais pas si t'es au courant, mais les pions te rateront pas s'ils te chopent hors de ton dortoir. Interdit ! *Verboten* ! T'as compris, le nouveau ?

J'ai décacheté la barre de céréales que j'avais piquée l'après-midi même dans les provisions de P. P. et j'en ai croqué un morceau en le fixant durement.

– C'est quoi ton nom ?

– …

– T'es sourdingue ou quoi ? Je te demande ton nom.

– Samuel, il a murmuré.

– Plus fort. Samuel comment ?
– Blet.
– T'as pleuré, Samuel Blet ?
Il a fait non de la tête, mais il avait des traces noires sur les joues, comme s'il s'était barbouillé de larmes. Avec ses grosses godasses sans chaussettes, son imper trop grand et son pyjama trop court, il fichait vraiment le bourdon.
– C'est tes parents qui te manquent ? j'ai demandé plus doucement. Fais-moi confiance : dans quelques jours, tu seras sacrément content de plus les avoir sur le dos.
Comme il ne réagissait pas :
– Ils sont sympas au moins, les gars de ton dortoir ?
Il a cligné des yeux sans répondre.
– Hésite pas s'il y en a un qui t'embête. Tu viens me voir direct, d'accord ? Rémi Pharamon, tu te rappelleras ?
Il se balançait d'une jambe sur l'autre, pas plus rassuré que ça. Il était tellement pâle que j'ai cru qu'il allait tomber dans les pommes.
– Attrape, j'ai dit en lui lançant la barre de céréales. Ça te fera grandir. Maintenant, faut que tu dégages. T'es chez les quatrièmes ici, tu piges ?
J'ai bu encore une grande rasade au robinet, mais comme il ne bougeait toujours pas :
– Me dis pas que tu sais plus où est ton dortoir ! T'es un vrai boulet, Samuel Blet ! j'ai soupiré. Allez, viens. Je te raccompagne.

J'ai secoué ma lampe torche, qui a bien voulu se rallumer, et je suis remonté jusqu'à la galerie. Il me suivait à bonne distance comme si j'avais eu la gale, ma barre de céréales à la main.

Il neigeait toujours. Je n'avais aucune envie de m'aventurer dehors en chaussons, alors je lui ai montré la galerie.

– C'est là-bas, la porte au bout… Et ne va pas te casser la figure dans le noir, j'ai dit en lui tendant ma lampe. Tiens, je te la prête. Tape sur le boîtier si elle s'éteint. Tu me la rendras demain, compris ?

Il avait la main tellement froide que j'ai failli lâcher ma torche en la lui passant.

– Compris, il a dit.

Je l'ai poussé dehors sans ménagement. Une minute, j'ai regardé ma loupiote qui s'éloignait dans l'obscurité en clignotant méchamment.

Puis j'ai haussé les épaules et je suis remonté me coucher.

P. P. avait cessé de ronfler. J'ai repensé à la barre de céréales que j'aurais bien boulottée avant de dormir, aux chaussures sans chaussettes du nouveau…

Pourquoi j'avais le cafard tout à coup en me glissant au lit ? Je suis redoublant de quatrième, moi, pas baby-sitter, après tout !

2

Introuvable

Le lendemain matin, le collège ressemblait à une station de sports d'hiver.

M. Guillemet, le CPE, avait beau courir d'une classe à l'autre en s'époumonant dans son sifflet, impossible de mettre les élèves en rangs. Une bataille de boules de neige s'était déclenchée, et les profs devaient se protéger sous leur cartable pour gagner leur salle au sec.

Un grand bonhomme de neige avait même poussé au milieu de la cour.

– Il ne te rappelle personne ? m'a lancé une voix enjouée.

C'était Mathilde, les yeux brillants et les joues roses sous son bonnet à pompon. Elle a noué une écharpe autour du cou du bonhomme et s'est reculée pour admirer son œuvre.

Cette bedaine, cette face ronde de grenouille... La ressemblance était frappante, en effet. C'était tout le portrait de...

– Pierre-Paul ! s'est exclamée Mathilde.

P. P. venait de faire son apparition dans la cour, emmitouflé pour l'occasion dans une doudoune jaune poussin qui le faisait ressembler à une grosse boule de Noël.

Il a contemplé le bonhomme de neige un instant, bouche ouverte, les yeux écarquillés.

– Bes chers abis, il a balbutié, berci ! Berci pour cet hobbage !

Il parlait tellement du nez, à cause de son rhume, qu'on avait du mal à le comprendre.

– Quel hommage ?

– Vous venez de réaliser mon rêve le blus cher : ma statue au beau bilicu du collège ! Berci, Rébi, berci, Bathilde !

On ne changera jamais P. P. Cul-Vert. De son vrai nom Pierre-Paul-Louis de Culbert, il a deux ans d'avance, des lunettes épaisses comme des hublots de sous-marin et des notes tellement astronomiques dans toutes les matières qu'il se prend pour un génie.

J'étais de trop méchante humeur après ma mauvaise nuit, j'ai préféré ne pas répliquer. Mathilde, elle, a éclaté de rire avant de nous entraîner vers la classe.

– Qu'est-ce qui t'arrive ? elle a demandé en s'asseyant à côté de moi. Tu fais la tête ou c'est juste que tu n'es pas content de me voir ?

– Mal dormi, j'ai bougonné.

Elle n'a pas insisté. De toute façon, le cours de maths commençait. Contrôle surprise, par-dessus le

marché ! Déjà que c'est loin d'être ma matière favorite, essayez de vous concentrer sur des problèmes de fractions à côté d'une fille qui sent bon la neige et le shampoing à la pomme !

Heureusement, Mathilde est ma meilleure amie. Elle a fait exprès de laisser son devoir bien visible. J'ai pu loucher sur les réponses autant que je voulais et rendre mon contrôle à temps… avant de découvrir avec horreur que j'avais copié *aussi* son nom au lieu d'écrire le mien dans la marge !

J'étais tellement dégoûté que j'ai filé à la récréation.

Direction : le dortoir des sixièmes.

J'avais espéré voir le gosse de cette nuit au petit déjeuner et qu'il me rende ma lampe torche. Mais Samuel Blet, le boulet comme je l'appelais dans ma tête, ne s'était pas présenté à la cantine. Personne dans la cour non plus.

Est-ce qu'il me fuyait ? S'il croyait s'en tirer comme ça, il ne me connaissait pas !

Par chance, la dame d'entretien était en train de faire le ménage chez les sixièmes. J'ai profité de ce qu'elle remplissait son seau pour me glisser discrètement dans le dortoir.

Il ressemblait exactement au nôtre : la chambre du pion à l'entrée et une vingtaine de box, fermés par un rideau, se faisant face de chaque côté de l'allée centrale.

Le nom des occupants figure sur de petites étiquettes

fixées sur les cloisons de séparation. Je les ai passées en revue dans un sens, puis dans l'autre, avant d'étouffer un juron.

Pas de Samuel Blet.

Qu'est-ce que c'était que cette histoire ?

J'ai déguerpi avant de me faire choper par la dame d'entretien.

– Samuel Blet ? a répété Mathilde pendant que nous faisions la queue devant la cantine. Ce nom ne me dit rien. Mais je ne connais pas beaucoup de sixièmes.

Quand j'avais raconté ma mésaventure de la veille, P. P. n'avait pas manqué de s'esclaffer en prenant son petit air supérieur.

– Tu as rêvé, mon bauvre Rébi.

– Rêvé ? Tu plaisantes ? Tu ronflais tellement fort que je n'ai même pas pu fermer l'œil.

– Ah bardon ! il a fait. Je ne ronfle pas : j'ai juste les boumons engombrés.

Sortant son mouchoir, il a poussé un barrissement retentissant, s'est essuyé le nez avant de nettoyer ses lunettes avec.

– Il y a un moyen d'en avoir le cœur net, a fait remarquer Mathilde. Gardez-moi une place : j'arrive.

Elle a filé vers la loge du concierge. Quand elle est revenue, elle a secoué la tête.

– Mauvaise nouvelle pour toi, Rémi. Les listes de classe sont toujours sur le panneau d'affichage. J'ai vérifié : pas de Samuel Blet en sixième, ni dans aucune autre classe, d'ailleurs.

C'était à n'y rien comprendre.

– Même écrit autrement ?

– Même.

– Il m'a dit qu'il était nouveau, et ces listes datent du début de l'année.

– Nouveau ? À quelques jours des vacances de Noël ? Un peu bizarroïde, si tu veux mon avis.

Mathilde a posé son plateau avant de s'asseoir entre P. P. et moi.

– Mais puisque je te dis que je l'ai vu ! Je lui ai même prêté ma lampe torche !

– Il y a peut-être une explication, alors.

– Laquelle ?

Mathilde a eu un petit sourire.

– Tu as vu un fantôme.

– Un fantôme ?

– Ou tu es sobdambule, mon bauvre Rébi, a complété P. P. en me tapotant l'épaule comme si j'étais un demeuré. Je beux prendre ton hachis barmentier ?

Je n'ai plus ouvert la bouche de tout le repas. J'étais furieux. Furieux d'avoir perdu ma torche, furieux surtout que mes meilleurs amis me prennent pour un illuminé.

Mathilde, à qui P. P. se vantait d'avoir mis exactement sept minutes et douze secondes pour faire son contrôle de maths, me jetait des regards inquiets en picorant son déjeuner.

J'ai quitté le réfectoire sans les attendre.

Juste avant la reprise des cours de l'après-midi, j'ai aperçu Mathilde en grande discussion avec M. Guillemet.

Qu'est-ce qu'elle fabriquait ?

Elle m'a intercepté à l'instant où j'entrais en classe d'anglais.

– Je me suis renseignée discrètement. Je suis désolée, Rémi : pas de nouvel inscrit au collège ce trimestre. Ton Samuel Blet n'existe pas.

C'était le coup de grâce. Cette fois, je pouvais vraiment douter de ma santé mentale.

– Tu penses que j'hallucine, alors ?

Elle a levé les yeux au ciel.

– Ne sois pas si susceptible ! Tu étais mal réveillé, tu as *cru* voir quelqu'un et tu as imaginé le reste, voilà tout…

Elle avait sans doute raison. C'était la seule explication sensée. Le trimestre avait été long, cela faisait des semaines que je dormais mal et, en y réfléchissant, mon inconnu de la veille ressemblait fichtrement au petit nouveau que j'avais été, quatre ans plus tôt, lors de mes premières nuits à l'internat…

L'histoire en serait restée là si un événement inattendu ne s'était pas produit le soir même.

3

La menace

Je rêvassais en étude surveillée quand la porte de la permanence s'est ouverte avec fracas.

C'était M. Courtejambe, le principal du collège.

Tous les internes se sont levés d'un bond. M. Courtejambe a regardé l'avion en papier lancé depuis le dernier rang qui se posait mollement sur le bureau du surveillant.

– Mes compliments, messieurs, il a dit. Je vois avec quelle énergie vous travaillez à la réussite de votre scolarité.

M. Courtejambe mesure à peine un mètre soixante. Mais quand il débarque à l'improviste dans une classe, il n'a pas besoin d'élever la voix. Tout le monde semble frappé par un sort de congélation instantanée.

– Restez debout. Je serai bref.

Il est monté sur l'estrade et, les mains dans le dos, nous a dévisagés un à un, comme au ralenti.

Même P. P. Cul-Vert, au garde-à-vous derrière son pupitre, a rentré la tête dans les épaules quand le regard glacial du principal s'est posé sur lui pendant une très longue seconde.

– Depuis quelques nuits, un fait gravissime se produit dans cet établissement, a commencé M. Courtejambe. Quelqu'un, qui ne peut être qu'un interne, s'introduit par effraction dans la cuisine et y dérobe des provisions.

Un « Oh ! » de protestation a retenti. Nous accuser de vol, nous, les internes ?

D'un claquement de règle sur son bureau, le surveillant a ramené le silence.

– Afin de ne pas éveiller les soupçons, a repris le principal, le voleur a eu l'habileté de ne dérober à chaque fois que de faibles quantités de nourriture. Mais, la nuit dernière, il a laissé sur place une preuve de son larcin. Une preuve irréfutable. La voici...

J'ai failli m'étrangler de stupeur. Ce que le principal montrait d'un geste accusateur à l'étude pétrifiée n'était autre que...

– Oui, messieurs : l'emballage d'une barre de céréales, tombé malencontreusement de la poche de notre voleur, et que son propriétaire reconnaîtra.

Même de là où je me trouvais, il n'y avait aucun doute possible. C'était la barre que j'avais donnée la nuit dernière à Samuel Blet, le faux petit nouveau, l'élève qui n'existait pas !

Une Country Snack que j'avais réussi à faucher dans les provisions de P. P. Sa marque préférée. Un mélange de noix, d'amandes, de raisins secs et de fruits confits si compact qu'il a l'habitude de la tremper dans son thé ou dans un bol de soupe instantanée pour la ramollir.

P. P. est terriblement myope malgré ses énormes lunettes. Il a sorti de sa trousse sa loupe de philatélie et, s'adressant à M. Courtejambe d'une voix mielleuse :

– Est-il bossible d'examiner la bièce à conviction, bonsieur le brincibal ?

Il n'y a pas plus lèche-bottes que P. P. Cul-Vert. Mais vu ses résultats mirifiques dans toutes les matières, il est le chouchou de la direction et de l'équipe enseignante.

Plus pour très longtemps, j'ai pensé…

– Mais naturellement, de Culbert, a dit le principal en lui confiant le sachet déchiré. Faites donc, mon jeune ami.

P. P. l'a inspecté rapidement. Quand il l'a rendu, il était aussi pâle qu'un navet.

Philibert a bien tenté de prendre notre défense :

– C'est pas nous, m'sieur ! On mange tellement mal à la cantoche qu'aucun interne voudrait aller voler du rab !

Le principal a fait taire le brouhaha.

– N'aggravez pas votre cas, messieurs. Les preuves sont là, incontestables. J'exige que le coupable se dénonce dans les plus brefs délais. Faute de quoi…

Il a pris soin de laisser sa phrase en suspens pour bien nous filer les jetons, avant de conclure, pesant chaque mot comme s'il s'agissait d'une balle explosive :

– Faute de quoi, je me verrai contraint de consigner *tous les internes* pour l'intégralité des vacances de Noël. Ai-je été tout à fait clair ?

4

Un coupable tout désigné

Encore assommé par ce que je venais d'entendre, j'ai quitté l'étude bon dernier.

Quand je suis arrivé à l'étage, c'était le chaos. Le dortoir tout entier, Philibert en tête, prenait d'assaut le box de P. P.

On entendait hurler jusque dans l'escalier :

– Ne mens pas, P. P. ! Le coupable, c'est toi, et t'as intérêt à te dénoncer vite fait !

La gloutonnerie de P. P. Cul-Vert est légendaire. Inévitablement, les soupçons s'étaient portés sur lui, et les gars du dortoir 4 avaient bien l'intention de lui faire sa fête pour obtenir des aveux.

– Je vous le jure, chers cabarades ! glapissait P. P. C'est une ébouvantable erreur, un balentendu, une terrible mébrise !

Quand j'ai fait irruption dans son box, il était juché sur le lit, en chaussettes, faisant des moulinets avec une règle de technologie pour repousser les assaillants.

– Et ça ? criait Philibert. C'est une erreur, peut-être ?

Il avait forcé l'armoire où P. P. cache ses réserves : boîtes de thon à l'huile, gâteaux secs, rouleaux de réglisse et autres provisions d'urgence… P. P. est si radin que c'est sans doute l'endroit le plus sécurisé du collège. Philibert en avait fait sauter le cadenas d'un coup de talon, et les barres de céréales qu'il brandissait ne laissaient aucun doute : c'étaient des Country Snack, la même marque que le sachet retrouvé dans les cuisines.

Cette fois, P. P. était cuit. Philibert l'avait attrapé par le col et le secouait comme un prunier.

Mon sang n'a fait qu'un tour. Je me suis frayé un passage en distribuant quelques gnons et, repoussant Philibert, j'ai prévenu :

– Le premier qui touche un cheveu de P. P. aura affaire à moi.

La surprise leur a coupé le sifflet. Même Philibert, qui fait une tête de plus que moi et qui a la carrure d'un tank, ouvrait des yeux comme des soucoupes.

– C'est quoi, ce délire, Rémi ? T'es dans le camp de P. P. maintenant ? Pas question d'être privés de vacances à cause de ce batracien !

– Tout le monde dehors, j'ai ordonné. C'est pas lui le coupable.

– Pas lui ? Tu rigoles ? Et *ça* ! a fait Philibert en me fourrant les Country Snack sous le nez. C'est pas une preuve, ça ?

– Prenez-les, j'ai dit en les lançant à ses copains.

J'ai ouvert largement l'armoire à provisions.

– Servez-vous, les gars. Tout est à vous. Cadeau de ce bon vieux P. P.

– Ah ! bermettez ! a protesté P. P. en tentant de faire obstacle de son corps grassouillet. Je vous l'inderdis ! Ce blacard est une brobriété strictement brivée !

Je me suis tourné vers Philibert.

– Crois-moi sur parole, Phil. C'est pas lui. Je vais tirer l'affaire au clair, je te le promets. Personne ne sera privé de vacances.

Philibert m'a fixé un moment avant de siffler entre ses dents :

– T'as intérêt, Rémi. Sinon, c'est moi qui le descendrai par la peau des fesses chez le principal, ton P. P. Et toi avec.

Il m'a jeté un dernier regard noir puis, du menton, a fait signe aux autres de sortir.

Malgré les friandises de P. P. qui leur gonflaient les poches, tous ont regagné leur carrée en marmonnant des promesses de vengeance.

Le moins que l'on puisse dire, c'est que je ne m'étais pas fait des amis dans le dortoir.

Même P. P. était furieux que j'aie distribué ses provisions.

– Mes rations de surbie ! Si je meurs de faim, ce sera ta faute, Rébi ! il a gémi en contemplant son armoire vide.

– Je te rappelle que je viens de te sauver du lynchage, j'ai grogné. Ne me remercie pas, surtout.

Il a éternué bruyamment avant de tourner vers moi ses yeux larmoyants.

– Je suis vicdime d'un terrible gomplot, Rébi ! Je le jure sur la têde de ma sœur détestée, Rose-Lise de Gulbert : tout m'agguse, mais ce n'est pas moi le goupable !

Je me suis affalé sur son lit. J'étais vidé brusquement. J'avais volé au secours de P. P. sans réfléchir, mais la trouille me coupait les jambes après coup.

– Je sais, j'ai dit. Tu n'y es pour rien. La barre de céréales, c'est moi qui te l'ai fauchée.

– Quoi ? il a croassé. Toi, Rébi ? Un redoublant que j'honore de mon abitié ?

– J'avais la dalle… C'est ta faute aussi : t'es radin comme pas deux et t'avais oublié de fermer ton cadenas, alors je me suis servi.

P. P. en est d'abord resté sans voix. Puis il s'est mis à cligner frénétiquement des paupières derrière ses lunettes. On aurait presque pu voir fonctionner par transparence les rouages de son prodigieux cerveau.

– Bais alors, bais alors…, il a balbutié, le voleur des guisines… le goupable que recherche notre bien-aimé brincipal… C'est donc *toi* ?

J'ai haussé les épaules.

– Bien sûr que non. Tu me vois risquer l'exclusion pour des restes d'épinards hachés ou de langue de bœuf ?

– Bais alors…, a répété P. P., bais alors… si ce n'est pas toi… c'est qui ?

J'ai sauté à bas de son lit.

– J'espère que tu n'as pas sommeil, P. P. Parce que la nuit risque d'être longue. Très longue !

5

La riposte

Le dîner au réfectoire a été sinistre.

Toute la tablée des quatrièmes nous regardait en chuchotant, P.P. et moi, sauf Philibert qui m'ignorait ouvertement, comme si nous n'avions pas été copains depuis des années.

Il y avait quand même un élément positif dans cette affaire. N'en déplaise à Mathilde et à P.P., je n'avais pas rencontré un fantôme la nuit précédente ! L'élève mystère existait bien – sauf que… sauf que ce n'était pas un élève du collège.

– Guelgu'un de l'extérieur alors ? Un gambrioleur ? Ridicule ! s'est esclaffé P.P. quand on est remontés au dortoir.

– Puisque je te répète que je lui ai donné ma barre… enfin *ta* barre de céréales ! Il n'y a que lui qui a pu la perdre dans les cuisines. C'est le petit Blet le voleur, j'en donnerais ma main à couper.

– Mais bourquoi prendre autant de risques pour de la dourriture ? Il y a des choses bien plus brécieuses à voler dans ce gollège. Mon journal intime, par exemble, ou mes plans segrets d'inventions...

– Aucune idée, mon vieux P. P. Mais tu peux être sûr d'une chose : il va revenir cette nuit.

P. P. a éternué avec fracas.

– Revenir ? L'élève bystère ?

– Qui d'autre ? T'es vraiment bouché quand tu t'y mets. Ça fait plusieurs nuits qu'il entre en cachette dans le collège. Notre seule chance est de le prendre en flagrant délit et de le livrer au principal.

– *Ta* seule chance, Rébi, a corrigé P. P. Je n'ai pas du tout l'indention d'être buni à ta place. Ni de veiller toute la duit avec toi, d'ailleurs. Surtout abrès le pillage de mon arboire !

– Comme tu voudras, j'ai dit. Mais un internat tout entier est prêt à te massacrer parce qu'il te croit coupable. Tu veux vraiment tenter ta chance ?

– Bon, d'accord, a reniflé P. P. en sortant son mouchoir. Mais si j'addrape la mort cette nuit, ne compte pas sur boi pour te léguer l'anthologie de mes beilleures rédactions !

J'ai préféré ne pas relever. Le temps pressait et il fallait décider d'un plan.

L'élève mystère attendrait sans doute que les lumières s'éteignent aux fenêtres du principal pour s'introduire dans la place. Minuit était largement passé, la veille, quand j'étais tombé sur lui dans la salle d'eau. Il n'y avait qu'à lui tendre une souricière... et à espérer ne pas être surpris, P. P. et moi, par une ronde du concierge.

– Réglons nos montres, j'ai dit avant de nous séparer. Rendez-vous dans mon box à minuit pile. Et couvre-toi bien : il faudra sans doute poireauter dans le froid un bon moment.

Quelques minutes plus tard, le surveillant éteignait les lumières du dortoir. Il y a eu quelques rigolades étouffées, les chuchotis habituels d'un box à l'autre, puis le silence s'est fait brusquement.

6
Traquenard

Couché tout habillé, je crevais de chaud sous les couvertures. Toutes les cinq minutes, je vérifiais l'heure au cadran de ma montre. On aurait dit que le temps ne passait plus.

Enfin, les douze coups de minuit ont résonné à l'horloge du collège. Je n'ai pu réprimer un frisson en les écoutant : c'était comme douze gouttes de plomb fondu qui tombaient une à une dans le silence.

Dong... Dong... Dong...

J'ai attendu un moment, l'oreille dressée. Pas de P. P. Qu'est-ce qu'il pouvait bien fabriquer ?

Enfilant un gros blouson, mes baskets et un bonnet, je me suis glissé en pestant dans l'allée. On n'y voyait rien et j'aurais bien eu besoin de ma torche. J'ai gagné son box, ai repoussé le rideau et allumé sa lampe de chevet.

Bras sagement croisés sur les draps, un sourire idiot aux lèvres, P. P. Cul-Vert dormait profondément.

Quand je l'ai secoué, il s'est redressé d'un bond.

– Hein, quoi ? Qui est-ce ? Qu'y a-t-il ? Que me veut-on ?

– C'est moi, imbécile ! Tu ne devais pas me rejoindre dans ma carrée ?

Il a ôté de ses oreilles les boulettes de papier qui lui servent de bouchons et a fait une grimace en me reconnaissant.

– Ah ! mon bon Rémi. Que puis-je pour ton service à cette heure ?

Son rhume allait mieux, semblait-il. Il ne parlait plus du nez et ne risquait plus de réveiller tout le dortoir d'un seul éternuement.

Je l'ai sorti de force de son lit.

– Magne-toi, P. P. ! On va manquer le voleur.

– Je faisais un rêve magnifique, il a gémi en s'habillant avec une lenteur exaspérante. Tu m'as réveillé juste au moment où je recevais le prix Nobel pour l'ensemble de mon éblouissante scolarité.

Je ne l'ai pas laissé enfiler sa seconde chaussure. Je l'ai tiré dans l'allée, puis hors du dortoir, afin de lui faire dévaler les marches qui conduisent au premier étage.

– Cache-toi là, j'ai dit en le poussant dans le petit placard à balais du palier. Et ne bouge pas, surtout.

– Mais je vais étouffer ! il a glapi tandis que je refermais la porte sur lui, ne lui laissant qu'un mince filet d'air pour respirer.

– M'en fiche. Si tu vois l'élève mystère, saute-lui dessus et ne le laisse pas filer. Compris ?

Pour toute réponse, une lumière éblouissante a jailli du placard.

J'ai poussé un juron.

– Qu'est-ce que tu fabriques ? Éteins !

– C'est un projecteur au lithium surpuissant de mon invention, il a expliqué en montrant une espèce de boîtier en tôle tout hérissé de fils électriques. Tu ne voudrais tout de même pas que je veille dans le noir complet ?

– Éteins, je te dis ! Tu vas nous faire repérer.

L'obscurité est retombée brusquement, encore plus noire qu'avant.

– Et toi, tu vas où ? Tu ne seras pas loin, j'espère, il a imploré d'une toute petite voix.

– T'inquiète, j'ai dit. Et gare à toi si tu te rendors, compris ?

J'ai filé sans attendre de réponse.

Mon plan était simple.

Le collège Chateaubriand a la forme d'un U. À chaque étage, une galerie fait le tour du bâtiment. Celle du premier dessert des salles de classe et la bibliothèque.

Là, cachée dans un renfoncement, il y a une porte connue de nous seuls, les internes. Elle donne sur un petit balcon étroit, et c'est par là qu'on fait le mur. Par là aussi qu'on retourne dans l'établissement, en escaladant la gouttière, quand le concierge a fermé l'entrée principale.

Si le voleur était malin, c'est par là qu'il entrerait. Je n'avais qu'à me planquer à proximité. Il n'y a pas trente-six chemins pour descendre aux cuisines. P. P. gardait un escalier, je surveillerais l'autre.

Le voleur ne pouvait pas nous échapper.

Une seconde, j'ai revu son air traqué, l'imperméable crasseux sous lequel il grelottait… Il m'avait paru plus pitoyable que dangereux, à vrai dire. Mais tant pis. Je n'avais pas digéré qu'il m'ait fauché ma lampe torche ni qu'il ait voulu m'entortiller avec ses bobards.

Et puis, c'est chez nous, ici. C'est *notre* collège, *nos* lavabos, *nos* cuisines ! Pas question de laisser un étranger s'y promener la nuit comme dans un moulin.

Rapidement, j'ai gagné mon poste de guet.

Pas facile, dans le noir, mais je connais le collège comme ma poche. Je me suis accroupi à l'angle du bâtiment, le bonnet enfoncé jusqu'aux yeux, et j'ai remonté le col de mon blouson. Il faisait un froid de canard mais, de là où j'étais, j'avais une vue imprenable sur toute la longueur de la galerie. Il ne restait plus qu'à être patient.

Je n'ai pas eu à attendre longtemps.

L'horloge lumineuse de la cour marquait minuit et demi quand un cri à vous glacer le sang a déchiré la nuit, suivi d'un second hurlement, plus aigu encore.

P. P. ? Le voleur ?

J'ai jailli hors de ma cachette. La neige, piétinée toute la journée, s'était transformée en bouillasse verglacée et, par deux fois, j'ai failli m'étaler de tout mon long en sprintant sur la galerie.

Quand j'ai déboulé dans l'autre aile, la cage d'escalier était illuminée comme en plein jour.

– Par là ! a glapi P. P. en m'aveuglant avec son projecteur surpuissant. Le vo-vo… le voleur ! Il s'échappe !

Le temps que je retrouve la vue, le voleur dévalait les marches vers la cour.

Je me suis lancé à sa poursuite. Trop tard. J'arrivais tout juste en bas, hors d'haleine, qu'il s'engouffrait déjà dans l'escalier de l'aile opposée.

Bientôt, une silhouette a surgi sur la galerie du premier. C'était bien le petit Blet, aucun doute là-dessus.

J'ai reconnu la lumière crachotante de ma lampe torche qui rasait les salles de classe.

Mais il avait trop d'avance et il a disparu brusquement à l'angle de la bibliothèque, comme avalé par l'obscurité.

C'était vraiment rageant !

Je ne m'étais pas trompé sur l'itinéraire qu'il emprunterait. La seule chose que je n'avais pas imaginée, c'est qu'il était déjà *dans le collège* quand je m'étais planqué pour l'attendre.

– Toutes mes félicitations, Rémi, a lancé P. P. en me rejoignant. Du grand art ! Grâce à ton intervention intempestive, le gredin nous a filé entre les doigts.

J'avais un point de côté et le cœur qui battait à deux cents à l'heure. Ça ne m'a pas empêché d'exploser.

– Quoi ? Parce que c'est ma faute ? Tu étais censé surveiller l'escalier, je te rappelle, pas te mettre à hurler comme un putois !

– Ah ! pardon, a corrigé P. P. Techniquement, c'est inexact. C'est lui qui a hurlé en premier, pas moi.

J'imaginais très bien la scène : P. P. coincé dans son placard, qui entrouvre doucement la porte et se retrouve nez à nez avec le voleur ; l'autre qui grimpe en silence dans le noir et qui voit tout à coup surgir devant lui la face ahurie de P. P. en doudoune jaune poussin…

Je ne souhaiterais pas ça à mon pire ennemi. Le petit Blet avait dû avoir la trouille de sa vie !

Je ne sais pas comment ils n'avaient pas réveillé tout le collège, l'un et l'autre, avec le boucan qu'ils avaient fait. On n'avait pas intérêt à traîner dehors plus longtemps.

– Ça m'apprendra à me fier à tes talents de stratège, a grommelé P. P. en remontant vers le dortoir de toute la vitesse de ses petites jambes. La prochaine fois, mon pauvre Pharamon, je prendrai personnellement la direction des opérations.

– La prochaine fois ? Tu rigoles ? Tu peux déjà dire adieu à tes vacances de Noël, P. P., et moi, à ma lampe torche. Le voleur n'est pas près de repointer le bout de son nez, crois-moi !

7
Une mystérieuse affaire

Ce qui était certain, c'est que Philibert et les gars du dortoir n'allaient pas lâcher prise.

On en a eu la preuve dès le lendemain, à l'ouverture du collège. Le bonhomme de neige sosie de P.P. se dressait toujours au milieu de la cour. Mais une main anonyme y avait ajouté un petit accessoire qui semblait lui sortir de la poche : un sachet vide de Country Snack…

Ça ne pouvait venir que d'un interne. Le message était clair. Si nous ne trouvions pas très vite le vrai coupable, Philibert et sa bande se feraient une joie de balancer P.P. pour sauver leurs vacances.

Mathilde n'en a pas cru ses oreilles quand on lui a raconté notre aventure de la nuit.

– Un faux interne qui vole de la nourriture dans les cuisines ? Et vous l'avez laissé s'échapper ?

– J'avais prévu d'utiliser ma dernière invention : un projecteur de poche au lithium capable d'éblouir un aveugle, s'est défendu P. P. Si Rémi m'avait laissé faire, ce voleur de bas étage croupirait à l'heure qu'il est dans un cul-de-basse-fosse.

– Dans un quoi ?

– Une prison, pauvre ignare. Une geôle, un cachot, une cellule…

– Inutile de vous disputer, a coupé Mathilde qui n'avait pas plus envie que moi d'entendre P. P. réciter le dictionnaire des synonymes. Le mal est fait, de toute façon. Il faut chercher une solution. Rendez-vous où vous savez en fin d'aprèm, d'accord ?

Par chance, on était mercredi.

Après les cours du matin, Mathilde avait sa répétition du club théâtre. On a traîné en permanence pour l'attendre puis, sous prétexte d'une recherche à faire, on l'a retrouvée au CDI.

Mathilde préfère l'appeler la bibliothèque, elle dit que ça fait plus *cosy*. Bon… *Cosy* ou pas, vu mon niveau scolaire, c'est loin d'être mon endroit préféré. Les étagères croulent sous les bouquins que je ne lirai jamais, ça sent le plastique et la colle Scotch, et c'est tout juste si on a le droit de chuchoter. Mais on a notre coin près de la fenêtre, une table et trois chaises bien cachées derrière une étagère. C'est notre quartier général quand on veut se réunir à l'abri des regards.

Mme Cassane, la documentaliste, n'est pas trop casse-pieds. Tant qu'elle nous croit occupés à un travail de groupe, elle nous fiche une paix royale. Il n'y avait pas grand monde de toute façon. C'était la fin d'après-midi, la lumière baissait rapidement et une petite neige fine s'était mise à tomber derrière les carreaux.

– Alors, on fait quoi maintenant ?

– Grosse galère, si je comprends bien, a résumé Mathilde en fronçant les sourcils. Maintenant que le voleur se sait repéré, il ne reviendra plus. Et c'était votre seule chance d'innocenter Pierre-Paul.

– Ah ! pardon. Tu veux certainement dire : notre seule chance d'innocenter *Rémi* ! s'est récrié P. P. Je te rappelle que, dans ce drame, je suis la victime impuissante d'un effroyable concours de circonstances.

– Il a raison, j'ai soupiré. Tout est ma faute. C'est moi qui ai donné la Country Snack de P. P. au faux sixième.

– Une friandise pillée dans mes rations de survie, alors que j'étais aux portes de l'agonie, a précisé P. P. en se mouchant douloureusement.

– Le gamin allait se trouver mal, j'ai cru bien faire. Ça m'apprendra à être généreux.

– Surtout avec les affaires des autres, a ajouté P. P.

Mathilde s'est tournée vers moi.

– Je ne vois qu'une chose à faire, Rémi. Tu dois tout raconter au principal.

– Quoi ?

J'y pensais depuis le matin. Mais l'entendre proposé par Mathilde m'a hérissé le poil. Je déteste qu'on me dise ce que je dois faire, même quand c'est ma meilleure amie.

– Tu plaisantes ? Expliquer à M. Courtejambe que j'ai rencontré un élève fantôme dans les lavabos et que c'est lui le voleur ? Il va me rire au nez.

J'avais parlé trop fort et Mme Cassane a émis une petite toux d'avertissement depuis son bureau.

P. P. m'a donné raison pour une fois :

– C'est vrai que ta moyenne nulle et ton comportement dissipé ne plaident pas en ta faveur, mon pauvre Rémi. L'autre solution est que je te dénonce moi-même. Je suis sûr que notre estimé principal me croira sur parole.

– Pour qu'on me prenne pour un voleur ? Merci, P. P. Rien ne me ferait plus plaisir que de passer Noël au collège.

– Alors il faut retrouver ce Samuel Blet, a décrété Mathilde. Tu es sûr que c'est son vrai nom, au moins ?

J'ai haussé les épaules. Je n'étais plus sûr de rien, en fait.

– Faisons une recherche. On trouvera peut-être une piste, une adresse, quelque chose…

Les portables sont strictement interdits au collège Chateaubriand. Heureusement, le CDI est équipé de quelques ordinateurs. Des machines qui datent au moins de la préhistoire et qui font un bruit de sèche-cheveux quand on les allume. Pour les élèves, l'accès à Internet est limité à certains sites. Mais comme le mot de passe des profs est CDI.COLLEGE, même le plus débile des petits sixièmes l'a craqué en deux minutes.

– Je m'en occupe, a dit P. P. La matière grise, c'est mon rayon.

Déjà, il avait pris place devant le clavier et pianotait aussi vite que le lui permettaient ses petits doigts boudinés.

– Tu ne trouves pas ça bizarre, toi ? m'a demandé Mathilde pendant qu'on patientait.

– Quoi ?

– Cet élève qui n'est pas un vrai élève… Ce voleur qui n'est pas un vrai voleur non plus…

– Qu'est-ce que tu veux dire ?

– Moi, si je prenais le risque d'entrer en cachette dans un collège, ce ne serait pas pour piquer quelques pommes et un pack de yaourts.

– De toute façon, tout est bizarre dans cette affaire. Seul un type très habile a pu forcer la serrure des cuisines soir après soir sans que personne s'en aperçoive…

– Ou un professionnel.

– Tu en connais beaucoup, toi, des types qui sont cambrioleurs professionnels à dix ans ?

On a commencé à rassembler nos affaires, le temps de permettre à P. P. de terminer ses recherches.

– Alors ? Tu as trouvé quelque chose ?

Il a fait la moue.

– Aucun quidam du nom de Samuel Blet. Désolé.

Mathilde et moi avons échangé un regard navré. Notre dernier espoir s'envolait.

– Mais je ne suis pas homme à me décourager pour si peu, a poursuivi P. P. J'ai élargi la recherche au seul patronyme. Et là, *bingo* ! si je puis me permettre cette expression imagée. Voilà sur quoi je suis tombé.

Il nous a tendu la page qu'il venait d'imprimer. Un article récent, dégotté sur un site d'info, qu'on a parcouru avidement.

AFFAIRE DE L'HÔTEL GRIFFON :
LE MYSTÈRE RESTE ENTIER !

On se souvient du spectaculaire cambriolage qui a défrayé la chronique l'an dernier : plus d'un million d'euros en bijoux et en argent liquide dérobés dans la chambre forte de ce palace, connu pour recevoir les plus grandes célébrités de la chanson et du cinéma.

Rapidement arrêté, le cambrioleur, un certain Paul Blet, n'était pas connu des services de police. Il attend en prison le début de son procès qui s'ouvrira juste après Noël. Quant au butin, malgré des recherches acharnées, il n'a pas été retrouvé.

– Alors ? a interrogé P. P. en guettant nos réactions.

Mathilde lui a rendu sa feuille avec une grimace.

– Pure coïncidence, Pierre-Paul. D'accord, c'est le même nom de famille, mais rien d'autre ne correspond. Ni le prénom ni l'âge du voleur…

– … qui est encore en prison d'après ton article, j'ai ajouté.

– … et que je ne vois pas s'attaquer à des yaourts de cantine après avoir raflé pour un million de bijoux à des stars du showbiz, a terminé Mathilde.

Il fallait se rendre à l'évidence : on avait passé l'après-midi à tourner en rond.

– Conclusion hâtive, mes bons amis ! s'est entêté P. P. Je suis persuadé que j'ai mis la main sur une pièce décisive, au contraire. Il faut seulement trouver sa place dans le puzzle.

– Bientôt dix-huit heures, les enfants ! a lancé Mme Cassane depuis son bureau. Le CDI va fermer.

Déjà ? La nuit était tombée sans qu'on s'en aperçoive. Par la fenêtre, c'est à peine si l'on devinait les façades de la rue.

Soudain j'ai poussé un juron de surprise.

En face du collège, il y a une maison toujours fermée. Une grosse bâtisse plutôt sinistre, entourée de hauts murs et d'un parc à l'abandon, dont les vitres sont cassées et les volets arrachés.

Entre nous, on l'appelle la Villa Personne, parce que, de mémoire d'internes, on n'a jamais vu quelqu'un y entrer ou en sortir.

Sauf que là une lumière se promenait derrière les fenêtres. Une lumière que j'aurais reconnue entre mille.

Celle d'une lampe torche aux piles presque vides qui n'arrêtait pas de s'éteindre et de se rallumer comme si elle faisait du morse.

8

Défense d'entrer

Ça a été une sacrée cavalcade.

– J'espère que tu n'es pas victime d'une hallucination, m'a lancé Mathilde tandis qu'on dévalait l'escalier en trombe.

P. P., avec son sac bourré de livres sur le dos, avait du mal à nous suivre et haletait comme un phoque.

– Vous êtes sûrs que je ne peux pas vous attendre bien au chaud ? Je suis tout juste convalescent et…

Mais pas question de nous séparer. À trois, on avait plus de chances de coincer notre voleur.

On traversait la cour à fond de train, direction la sortie, quand une silhouette nous a brusquement coupé la route.

– Puis-je savoir où vous allez, jeunes gens ?

C'était M. Guillemet.

D'habitude, on le repère de loin, à cause de l'odeur de cerise que sa pipe répand derrière lui.

M. Guillemet n'a pas son pareil pour renifler les coups fourrés. Surtout quand je suis de la partie. On dirait qu'il a un sixième sens – à moins que ce ne soit ma réputation de redoublant qui déclenche chaque fois chez lui une petite sonnette d'alarme.

– Eh bien, Pharamon ? Mademoiselle Blondin ?

J'allais balbutier une explication vaseuse quand P. P. est intervenu :

– Pardonnez notre impétuosité, monsieur. Mais nous devons faire diligence : des photocopies urgentes pour notre exposé de demain sur… euh… l'Empire babylonien.

– Voyez-vous ça, a fait M. Guillemet en lâchant un petit nuage étonné. L'Empire babylonien ! Vaste sujet.

– Plus précisément sur l'empereur Nabopolossar, a expliqué P. P. sans se démonter. Une figure historique injustement oubliée mais tout à fait fascinante qui…

– Filez, jeunes gens, l'a coupé M. Guillemet en nous montrant la sortie. Et ne soyez pas en retard pour l'appel du soir.

Quelquefois, même si c'est particulièrement énervant, ça peut être très utile d'avoir un copain qui a une tête de premier de la classe.

On a filé sans se retourner et j'ai attendu d'avoir tourné le coin de la rue pour féliciter P. P.

– Trop fort, ton histoire d'Empire babylonien.

– Merci, Rémi, il a dit modestement. Quelquefois, l'étendue de mon génie me sidère moi-même.

– Et il existe vraiment, ton Nabot Colossal, ou c'est juste ton nouveau surnom ?

– Na-bo-po-los-sar, espèce d'ignare. Bien sûr qu'il existe !

– Regardez ! s'est écriée Mathilde. Là, au premier étage !

On était parvenus devant le portail de la Villa Personne. Dans la pénombre du soir, avec la neige qui tombait dru, elle paraissait encore plus sinistre qu'en plein jour : une façade hérissée de pignons, des arbres nus à l'abandon qui semblaient se refermer sur elle à la façon d'une toile d'araignée géante…

– Vous avez vu ?

Un bref éclat de lumière avait jailli à l'une des fenêtres. Puis un autre, plus loin. Il y avait bien quelqu'un dans la maison.

Mathilde m'a enfoncé ses ongles dans le bras.

– Et si ce n'était pas lui ?

– Qui d'autre, alors ?

– Je ne sais pas. Le nouveau propriétaire. Un squatteur…

– Puisque je te dis que j'ai reconnu ma torche !

Maintenant qu'il savait le collège surveillé, notre voleur avait dû se rabattre sur une autre cible.

– On entre, j'ai décrété. Pas question de le laisser filer une nouvelle fois.

– Tu n'y penses pas ! a protesté P.P. C'est une

propriété privée. Et s'il y a une alarme ? Un chien de garde énorme ? Une barrière électrifiée de cent mille volts ?

– On tente le coup. Suivez-moi.

– Plus facile à dire qu'à faire, a murmuré Mathilde en examinant la grille.

Le portail, fermé par une grosse chaîne, était garni de piques impressionnantes. Impossible de l'escalader sans risquer de s'embrocher. Même pour notre voleur.

– Vous voyez ? a triomphé P. P. La sagesse nous dicte de renoncer, mes bons amis.

Mais Mathilde était parvenue à la même conclusion que moi. Si le petit Blet était à l'intérieur, c'est qu'il y avait un autre accès.

On a longé le mur d'enceinte dans un sens puis dans l'autre avant de découvrir une petite porte de service, à demi dissimulée sous un rideau de lierre.

J'ai fait jouer la poignée et elle s'est ouverte en grinçant lugubrement.

Déjà, Mathilde s'était faufilée dans l'entrebâillement.

– Allez-y sans moi, a fait P. P. en se touchant le front. J'ai au moins 37,4, je ne ferais que vous retarder.

Je n'en menais pas large, moi non plus. Mais j'aurais préféré me couper un bras plutôt que de me dégonfler devant Mathilde.

Ignorant ses protestations, j'ai attrapé P. P. par son sac à dos et l'ai poussé de force dans le parc de la Villa Personne.

9

L'assaut

Ce qui avait dû être autrefois un jardin avec une pelouse et des massifs bien entretenus n'était plus qu'un fouillis de broussailles et de branches cassées.

Un semblant d'allée conduisait vers la maison. Une brève seconde, j'ai imaginé un dogue ou un rottweiler déboulant du perron en hurlant, la gueule dégoulinant de bave, pour se jeter sur nous.

Mais, hormis les traces de pas qu'on devinait dans la neige, toute vie semblait avoir déserté la propriété.

La nuit était complètement tombée, maintenant. À la lueur des lampadaires de la rue, l'allée enneigée avait des reflets jaunes un peu inquiétants.

On a failli rentrer dans Mathilde, qui rebroussait chemin.

– J'ai essayé la porte d'entrée. Verrouillée. Il doit y avoir un accès de l'autre côté.

Elle a montré les empreintes qui contournaient la maison. Celles de grosses godasses comme j'en avais vu aux pieds de l'élève mystère la première nuit, dans les lavabos.

Elles nous ont conduits vers l'arrière de la maison, jusqu'à une autre porte, vitrée à mi-hauteur mais tellement couverte de crasse et de poussière qu'on ne voyait rien à l'intérieur.

Cette fois, il n'était plus temps de reculer.

– On y va ?

– On y va.

– Si nous nous en sortons vivants, a hoqueté P.P., rappelez-moi de vous rayer définitivement de mon testament.

La poignée a tourné sans difficulté. L'un après l'autre, on s'est glissés à l'intérieur en retenant notre respiration, le cœur battant à cent à l'heure.

Il faisait noir comme dans une grotte. Noir et glacial, comme si la maison n'avait plus été chauffée depuis des siècles.

Heureusement, Mathilde a des yeux de chat. On l'a suivie en tâtonnant dans ce qui ressemblait à une cuisine désaffectée. On devinait des chaises renversées, un buffet vide dont les portes bâillaient. Plus loin, dans ce qui avait dû être une salle à manger, des meubles sous des housses, un lustre sans ampoules, un parquet gondolé…

Le silence était si profond que j'entendais les dents de P.P. claquer dans le noir. Et, partout, une odeur

d'humidité et de désolation qui prenait à la gorge. Que pouvait bien chercher notre voleur dans un endroit pareil ?

Soudain, un couinement m'a fait faire un bond.

– Vous avez entendu ? C'était quoi ?

– Mon pied, Rémi. Tu viens de m'écraser les orteils.

Mathilde avait à peine murmuré, mais, au-dessus de nos têtes, des craquements se sont fait entendre. Quelqu'un marchait à l'étage.

Le voleur nous avait-il repérés ? Non. Ce n'était pas un bruit de fuite. Plutôt celui que ferait un petit animal, un rongeur ou une chouette se déplaçant dans un grenier.

Il fallait en finir. Profiter de l'effet de surprise.

Si au moins on avait eu le projecteur surpuissant de P. P. ! Samuel Blet était loin d'être costaud, mais le coincer dans le noir ne serait pas une mince affaire.

J'ai toujours une pochette d'allumettes sur moi, au cas où. J'en ai craqué une, éclairant brusquement les visages effarés de P. P. et de Mathilde.

– Tu es fou ? Éteins !

Je n'ai pas mis longtemps à repérer la volée de marches qui montaient vers l'étage.

D'un geste, j'ai fait comprendre que je prenais la direction des opérations.

Puis, soufflant l'allumette avant qu'elle ne me brûle les doigts, je me suis engagé sans bruit dans l'escalier.

Le reste est allé très vite.

L'escalier débouchait sur un corridor. Au bout, une porte entrebâillée laissait filtrer un pâle rectangle de lumière.

Celle des lampadaires, sans doute. Cette partie de la maison devait donner sur la rue.

P. P. prudemment abrité derrière Mathilde, on s'est approchés à pas de loup et j'ai risqué un œil à l'intérieur.

Personne.

À part un matelas posé sur le sol, une paire de godasses et quelques détritus, la pièce était vide.

C'était à n'y rien comprendre. Où était passé notre voleur ?

Dépité, je me suis retourné vers les autres…

Il était là, à l'autre bout du couloir. Il avait ma lampe torche à la main, une couverture jetée sur les épaules.

La surprise ou la peur, je ne sais pas, nous a cloués sur place l'un et l'autre. En voyant mon visage se décomposer, Mathilde et P. P. se sont retournés à leur tour. Elle a étouffé un cri, P. P. a fait un bond, et j'ai cru que le petit Blet allait se jeter tête baissée dans l'escalier pour s'échapper.

Au lieu de cela, il a passé une main sur son front, ses joues sont devenues transparentes et il s'est affaissé sur le sol comme un jouet cassé.

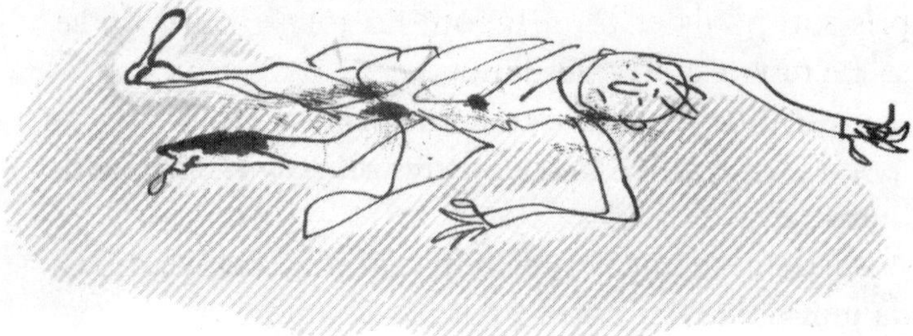

10

L'inconnu de la Villa Personne

– J'étais sûr que c'était une colossale erreur de venir ici, a gémi P.P. Il est mort, n'est-ce pas ? Je ne me le pardonnerai jamais !

Mathilde s'était accroupie près du garçon. Elle a pris son pouls et lui a tapoté les joues avant de se relever avec un soupir de soulagement.

– Juste évanoui. Du moins, j'espère…

– Il faut appeler un médecin, une ambulance !

J'ai fait taire P.P.

– Mathilde sait ce qu'elle fait. Arrête tes salades et aide-moi à le transporter dans la chambre.

Le petit Blet ne pesait pas bien lourd. On l'a soulevé par les épaules et par les pieds, P.P. et moi, et on l'a étendu sur le matelas sans qu'il réagisse. Il était glacé. Même pliée en deux, sa couverture n'était pas épaisse, alors j'ai enlevé mon blouson et l'ai ajouté par-dessus.

Mathilde s'est assise à son chevet.

– Il n'a rien dû manger de la journée. Essaie déjà de trouver de l'eau, Rémi. Il faut le faire boire.

Je suis redescendu quatre à quatre jusqu'à la cuisine, ma torche à la main. Mais impossible de remplir un verre. Le robinet a juste crachoté un peu de la rouille qui restait dans les tuyaux, puis plus rien. L'eau avait dû être coupée, comme l'électricité.

Quand je suis remonté à la chambre, le gamin était revenu à lui.

– Ça va ?

Il était blanc comme un linge et a articulé de façon presque inaudible :

– Ça va.

– Tu me reconnais ? Rémi Pharamon. C'est moi qui t'ai passé ma torche… Et eux, tu ne les connais pas encore mais c'est mes copains…

– Tu ne vois pas qu'il est très faible ? m'a interrompu Mathilde. On fera les présentations plus tard, si tu veux bien.

En vérité, je me sentais terriblement coupable. À côté du matelas, il y avait des trognons de pomme noircis, quelques pots de yaourt vides et un paquet de gâteaux, vide aussi : ses repas des derniers jours, fauchés dans les cuisines du collège.

Sa source de ravitaillement coupée, il n'avait rien eu à se mettre sous la dent depuis presque vingt-quatre heures. À cause de moi et du piège débile que je lui avais tendu.

– Je suis désolé, pour ta lampe…

– Laisse tomber, j'ai dit. Faut que tu te reposes pour l'instant. On ne te veut aucun mal, d'accord ?

– N'empêche… je voulais…

Il avait remonté mon blouson sous son nez, et ses paupières se fermaient toutes seules. Je ne sais pas s'il était à bout de forces ou juste soulagé de ne plus être seul. Mais, l'instant d'après, il dormait.

Il m'a rappelé ce chat perdu que j'avais sorti un jour d'une gouttière dans laquelle il s'était coincé. Il était si épuisé d'avoir miaulé pendant des heures que, quand je l'avais déposé dans un carton, il s'était endormi aussitôt.

Quand sa respiration est devenue régulière, Mathilde nous a pris à part.

– On s'est trompés sur toute la ligne. Il n'est pas là pour cambrioler. Il *vit* ici.

– Sans chauffage ? Sans eau ni électricité ? Mais pourquoi ?

– Il est dans un trop sale état pour qu'on l'interroge. Il faut lui trouver à manger, et vite.

– Pourquoi tu me regardes ? s'est insurgé P. P. Mes réserves sont à zéro. Distribuées par Rémi à cet orang-outan de Philibert et à sa bande. Et puis prenons garde, mes amis : cet évanouissement supposé n'est peut-être qu'une ruse.

– J'ai mon diplôme de secouriste, je te rappelle, l'a coupé Mathilde en consultant sa montre. Ça va être l'heure du dîner. Retournez au collège tous les deux.

Rapportez du pain de la cantine, des fruits, de l'eau, tout ce que vous pourrez prendre. On se retrouve ici après.

– Et toi ?

Elle a haussé les épaules.

– Je devais passer la soirée chez une copine. Elle a annulé mais mes parents ne le savent pas. Je reste avec Samuel.

– Quoi ? Tu veux que nous laissions une faible fille en tête à tête avec un criminel en fuite ? s'est récrié P. P. Tu n'y penses pas !

Mathilde l'a fusillé du regard.

– Non seulement j'y pense, mais c'est très exactement ce que je veux faire.

– C'est de la folie, je t'assure, a protesté P. P. Il faut prévenir la police. Sous ses dehors inoffensifs, nous avons peut-être affaire à un redoutable malfaiteur.

– Pas de police tant que nous ne savons pas de quoi il retourne, s'est entêtée Mathilde. Maintenant, si vous avez trop la trouille tous les deux, inutile de revenir. Je me débrouillerai très bien sans vous.

À mon tour de lever les yeux au ciel.

– Pour qui tu nous prends ? Bien sûr qu'on va revenir !

La situation ne me plaisait pas du tout, mais que faire d'autre ?

– Alors filez, a ordonné Mathilde. Et arrêtez de vouloir me protéger : je suis de taille à me défendre.

11

P. P. n'en rate pas une

On est rentrés tout juste à temps, P. P. et moi, pour ne pas manquer l'appel du soir.

Je devais faire une drôle de tête parce que, durant tout le dîner, Philibert et sa bande ne m'ont pas quitté des yeux.

De toute façon, les émotions de l'après-midi m'avaient coupé l'appétit. Je n'avais qu'une hâte : retrouver Mathilde.

P. P. Cul-Vert, quant à lui, avait pris le temps d'enfiler une robe de chambre molletonnée brodée à ses initiales avant de descendre au réfectoire. Il s'était installé seul à une table et, un livre de latin ouvert devant lui, il se goinfrait tranquillement, une serviette nouée autour du cou, comme si rien ne s'était passé.

Quand on est remontés au dortoir, il s'était tellement empiffré qu'il avait pris deux tours de taille au moins.

Je l'ai poussé dans mon box avant de lui planter l'index dans l'estomac.

– Tu peux m'expliquer à quoi tu joues ?

Il m'a regardé sans comprendre en finissant son fromage.

– Je me restaure tout en révisant mes déclinaisons. Pourquoi ?

– Tu te *restaures* ? En robe de chambre ? Alors que le petit Blet meurt de faim ? Et notre plan ?

Surveillé par Philibert, j'avais tout juste réussi à faucher une orange et un quignon de pain. Le pauvre gamin n'irait pas bien loin avec ça.

P. P. a levé les yeux au ciel.

– Mon pauvre Pharamon, tu es donc aussi borné que tu en as l'air ? Sache que ce que tu prends pour un vulgaire vêtement d'intérieur est en réalité une astucieuse tenue truquée de mon invention. Regarde.

Il a ouvert les pans de sa robe de chambre. De chaque côté, dans la doublure, étaient cousues des sortes de sachets en tissu.

– Six poches secrètes, dont une réfrigérée, totalement indécelables de l'extérieur, même aux rayons X, a expliqué P. P. en souriant de mon étonnement. J'ai profité du dîner pour remplir ce garde-manger portatif. Notre protégé ne devrait manquer de rien : tranches de salami, pain frais, concombre, part de brie, compote pommes-bananes et galettes bretonnes…

Je n'ai pu m'empêcher d'applaudir.

– P. P., tu es un génie !

– Tu n'es pas le seul à me le dire, il a fait modestement. Maintenant, si tu permets, j'aimerais prendre un peu de repos. Le petit Blet n'a pas livré le fin mot

de l'énigme et je veux avoir l'esprit frais pour l'interroger. Bonsoir.

Le plus dur était encore devant nous : attendre l'extinction des feux et la ronde que fait le surveillant avant de regagner sa chambre pour la nuit.

Heureusement, le nôtre a un sommeil de plomb. Quand il dort, une bataille d'oreillers géante pourrait se déclencher dans le dortoir sans qu'il dresse seulement une oreille.

Il était plus de vingt-trois heures quand la voie a été enfin libre. J'imaginais Mathilde rongeant son frein dans la Villa Personne. Avions-nous pris des risques inconsidérés en la laissant seule avec le petit Blet ? J'ai rejoint P. P. dans son box et on a filé comme des ombres à travers le collège endormi.

Enfin, presque comme des ombres… Parce que P. P., qui avait remis sa doudoune jaune poussin, était aussi visible dans la nuit qu'une cible de fête foraine.

La porte dérobée à côté de la bibliothèque s'est ouverte sans difficulté. On n'y voyait rien, mais j'ai fait le mur si souvent par cet endroit qu'en deux temps trois mouvements j'avais enjambé la balustrade et glissé dans la rue le long de la gouttière.

Un coup d'œil à droite, un autre à gauche : personne. J'allais faire signe à P. P. de me rejoindre quand je me suis jeté précipitamment sous l'abri du balcon.

Des phares venaient d'illuminer le trottoir. Une grosse Mercedes couleur nuit remontait la rue à petite vitesse. Parvenue à ma hauteur, elle a paru ralentir encore, laissant apercevoir le visage d'un homme en chapeau derrière la vitre teintée.

Avait-il repéré P. P. ? Non. Un conducteur qui cherchait une adresse, sans doute, car la Mercedes a poursuivi son chemin, toujours au ralenti, avant de disparaître au coin de la rue.

J'ai poussé un soupir de soulagement. Nous avions

d'autres chats à fouetter que de devoir expliquer à un inconnu ce que nous faisions suspendus à la gouttière du collège au beau milieu de la nuit.

– J'ai cru que vous ne reviendriez jamais ! Vous avez vu l'heure ?

Mathilde faisait les cent pas dans le couloir de la Villa Personne, à demi folle d'impatience.

– Pas pu partir plus tôt, je me suis défendu. On voit bien que tu n'as jamais été pensionnaire.

– J'espère que vous vous êtes régalés. Parce que moi, je suis frigorifiée, morte de faim, et vu l'heure, mes parents vont me tuer quand je vais rentrer.

– Qu'est-ce que tu fabriques dans le noir, d'abord ?

– Ta lampe torche ? Merci de me l'avoir laissée, Rémi. Tu étais à peine parti qu'elle est tombée en panne.

– Rien d'étonnant, est intervenu P. P. J'avais besoin de piles neuves pour mon projecteur au lithium. Je me suis permis d'emprunter celles de Rémi.

– Quoi ? C'est pour ça qu'elle ne marche plus ? Tu as échangé tes vieilles piles contre celles de ma lampe ?

– Dans une démarche purement scientifique : je n'allais pas laisser un obstacle bassement matériel compromettre une invention aussi magistrale.

Parfois, la mauvaise foi de P. P. est tellement sidérante que ce n'est même pas la peine de discuter.

Je me suis tourné vers Mathilde :

– Pas de problèmes avec le petit Blet, j'espère.

Elle a haussé les épaules.

– Il dort depuis que vous êtes partis. Enfin, il dormait. Parce que avec le raffut que vous faites…

Comme pour lui donner raison, une toux sèche a résonné dans notre dos.

C'était le petit Blet. Nos éclats de voix avaient dû le réveiller en sursaut.

– C'est vous ? il a fait d'une voix blanche.

Il tenait à peine sur ses jambes. Ses cheveux se dressaient sur sa tête et il était si pâle que j'ai cru qu'il allait à nouveau tourner de l'œil.

P. P. a montré son sac à dos.

– Je t'ai apporté une petite collation dont tu me diras des nouvelles.

– Des trucs à manger, j'ai traduit.

– Je partagerai le salami avec toi, si tu n'y vois pas d'inconvénient, a poursuivi P. P. à l'adresse du petit Blet. Mais, avant que nous nous sustentions, je crois que tu as des choses à nous dire.

– Il se sustente d'abord, a décrété Mathilde. On parlera après.

– Pique-niquons, alors, a concédé P. P. Je commence à avoir une petite fringale post-dînatoire, moi.

– Ne fais pas attention à lui, j'ai dit à notre protégé en le ramenant vers la chambre. P. P. a un dictionnaire de mots rares à la place du cerveau. Même Mathilde ne comprend pas la moitié de ce qu'il raconte… Tu vas te faire un bon casse-dalle et ça ira beaucoup mieux après. D'accord ?

12
L'interrogatoire

Le petit Blet ne s'est pas fait prier pour se jeter sur les provisions de P. P.

Tout en dévorant, il nous dévisageait avec attention, comme s'il hésitait encore à nous faire complètement confiance. J'avais trouvé un morceau de bougie dans la cuisine, et sa lumière rendait l'obscurité un peu moins menaçante. Mais à chaque craquement de la vieille maison, il tressaillait comme si on l'avait piqué avec une aiguille.

– Ça fait longtemps que tu te planques ici ? j'ai demandé doucement.

Il a hoché la tête en silence.

C'était un garçon malingre, au visage en lame de couteau, avec d'épais cheveux corbeau qui n'avaient pas dû voir un peigne depuis longtemps, et des cernes de crasse sous les yeux.

– Désolé de t'avoir fait peur l'autre nuit…

– Pas grave…

– Tu cherchais de quoi manger, c'est ça ?

Il a hoché une nouvelle fois la tête.

– Et tes parents, ils sont où ? l'a encouragé Mathilde. Qu'est-ce que tu fais tout seul ici ?

On s'était assis en cercle sur le plancher. Nos deux épaules se touchaient, et je sentais qu'elle tremblait sous son anorak. Le froid peut-être, ou la tension nerveuse. Elle n'avait rien mangé depuis le déjeuner, alors je lui ai fourré de force dans la main l'orange que j'avais prise à la cantine.

– C'est compliqué, a dit le gamin comme s'il cherchait par où commencer.

– C'est ton vrai nom, Samuel Blet ?

– Oui.

– Il reste des galettes bretonnes, Samuel. Finis-les, on les a prises pour toi.

– Ça va, il a dit avec un pâle sourire. J'ai plus faim, merci.

Il commençait tout juste à se détendre un peu.

C'est le moment qu'a choisi cet imbécile de P. P. pour intervenir d'une voix glaciale :

– Blet comme Paul Blet, le fameux voleur de bijoux ? Le criminel de l'hôtel Griffon ?

Samuel l'a regardé, interdit.

– C'est mon père, il a fini par articuler. Mais mon père n'est pas un criminel !

– Trêve de mensonges, mon jeune ami, a averti P. P., sans doute furieux de l'avoir vu dévorer son salami. Maintenant que tu as l'estomac plein, il est temps de faire des aveux complets. D'ailleurs, nous avons les moyens de te faire cracher toute la vérité.

Tout en parlant, il avait tiré de son sac le projecteur au lithium. Je n'ai pas eu le temps de réagir. Un puissant jet de lumière a jailli, éblouissant le petit Blet qui a poussé un cri d'effroi avant de se jeter dans l'ombre.

– Qu'est-ce que tu fais ? s'est écriée Mathilde.

– Moi ? Je procède à l'interrogatoire du suspect, a ricané P. P.

Mais déjà je lui avais arraché le projecteur des mains.

– Tu te prends pour la Gestapo ou quoi ?

– Ce garçon nous doit des explications, s'est entêté P. P. À cause de lui, un de Culbert risque d'être marqué à jamais du sceau de l'infamie pour un vol dont il est innocent !

– Excuse-le, j'ai dit au petit Blet. Il a lu trop de romans policiers.

– Y a pas de mal, a murmuré le gosse. Mais est-ce que tu peux éteindre, s'il te plaît ?

– Il a raison, a approuvé Mathilde. On va nous voir de la rue.

Le projecteur de P. P. a fait un bruit de casserole quand je l'ai secoué pour en enlever les piles et les glisser dans ma poche.

C'étaient les miennes, de toute façon. Ce radin de P. P. n'aurait qu'à s'en acheter de nouvelles.

– Maintenant, il faut que tu nous racontes, Samuel, j'ai dit. Sans ça, on ne pourra jamais t'aider.

13

Le secret du petit Blet

Son histoire nous a fait froid dans le dos.

Voilà une semaine qu'il se terrait dans la Villa Personne, sans nourriture et sans argent. Sortir de jour était trop risqué, alors il avait trouvé le seul endroit où il pouvait se ravitailler sans craindre d'être surpris ou de déclencher une alarme : notre vieux collège.

Il en profitait pour se réchauffer un peu, se débarbouiller aussi, et il avait cru mourir de peur quand je l'avais surpris dans les lavabos de notre dortoir.

Tenaillé par la faim, il était quand même allé se servir dans les réserves de la cuisine, cette nuit-là, avant de regagner la Villa Personne.

C'est là qu'il avait laissé l'indice qui avait tout déclenché. Mais je me suis bien gardé de le lui apprendre : à côté des siens, nos ennuis étaient de la gnognotte.

Paul Blet, son père, était serrurier. Samuel vivait seul avec lui et lui donnait un coup de main à la boutique chaque fois qu'il le pouvait. Refaire des clefs et réparer des serrures ne rapporte pas lourd. Mais Samuel aimait ça. Beaucoup plus que l'école. Il n'avait qu'un rêve : entrer au plus vite en apprentissage et en faire son métier.

Seulement voilà : son père avait un frère, un certain oncle Georges.

Oncle Georges était un ancien catcheur professionnel. Devenu manager sportif, il organisait des combats, aimait les belles voitures et les courses de chevaux. C'était le parrain de Samuel, et Samuel adorait son parrain.

Jusqu'au jour où il avait surpris une violente dispute entre son père et oncle Georges. Ce dernier venait de perdre beaucoup d'argent dans une histoire de paris. Incapable de rembourser, il suppliait son frère de lui venir en aide. Il avait un plan pour se refaire, un coup facile à réaliser pour un serrurier virtuose comme Paul Blet : cambrioler la chambre forte d'un hôtel parisien et se partager le butin.

– Mon père s'est fâché. « Jamais ! » il a dit. Jamais il ne ferait quelque chose de malhonnête, même pour sortir son propre frère du pétrin. Il a promis qu'il s'arrangerait, qu'il trouverait de l'argent à lui prêter, même si on ne roule pas sur l'or.

Deux semaines plus tard, Samuel apprenait par la radio le cambriolage de l'hôtel Griffon et l'arrestation de son père.

– J'étais chez oncle Georges, il a dit tristement. C'est comme si le ciel m'était tombé sur la tête. Vous devez me croire : mon père n'est pas un criminel ! Au contraire, c'est l'homme le plus honnête de la terre. Même tricher aux cartes, il peut pas...

– Pourquoi la police l'a-t-elle arrêté, alors ? a questionné Mathilde.

– Il avait fait un dépannage à l'hôtel Griffon. Ils ont trouvé des outils à lui dans la chambre forte.

– Aïe !

– Mon père est un vrai maniaque avec ses outils. Si vous voyiez comment il les range à l'atelier... Il aurait pas pu les oublier là-bas. Impossible ! Mais il y avait ses empreintes dessus... Il a eu beau se défendre, la police l'a pas cru et lui a tout mis sur le dos.

Il s'est détourné et a plongé son nez dans sa manche pour faire croire qu'il se mouchait. Il défendait son père avec tellement de conviction qu'on avait presque envie de le croire.

– Admets que les apparences sont contre lui, a fait P.P. Tu n'as jamais pensé...

– Que mon père est coupable ? Jamais ! a dit farouchement le petit Blet, avant d'ajouter : J'ai une preuve, de toute façon.

– Une preuve ?

– De quoi le faire libérer.

Le coin de sa bouche tressautait légèrement. Il a repris si doucement qu'on devait dresser l'oreille pour l'entendre :

– Je pouvais pas vivre seul, alors mon parrain m'a pris chez lui. Il a été super avec moi. Avec papa aussi, pour l'avocat, les visites et tout ça. Il savait pas quoi inventer pour me faire plaisir. Et puis l'autre jour… Je venais de me lever et je cherchais des affaires à moi dans le garage. Oncle Georges était sorti pour une course. En bougeant des cartons, j'ai trouvé une cachette dans le mur. Dedans, il y avait un sac. Et dans le sac, il y avait des liasses de billets et des bijoux.

– Le butin de l'hôtel Griffon ! s'est exclamée Mathilde.

– J'avais jamais vu autant d'argent. Le sac en était bourré.

J'ai poussé un petit sifflement.

– Tu veux dire que ton oncle Georges…

Il a hoché la tête.

– Oui. C'est lui qui a cambriolé les coffres de l'hôtel.

– Avec les outils de ton père ? Pour qu'on le croie coupable ?

Je n'en croyais pas mes oreilles. C'était moche, vraiment très moche.

– Qu'est-ce que tu as fait ?

– J'ai entendu la voiture d'oncle Georges qui revenait. J'ai paniqué. J'ai tout rangé comme c'était, j'ai attrapé un imper, des chaussures, et je me suis enfui par le petit vasistas de derrière.

– Tu comptais aller où ?

Il a haussé les épaules.

– Sais pas. J'étais trop chamboulé pour réfléchir. La première nuit, j'ai dormi dehors, sous des cartons. J'ai cru que j'allais mourir de froid. Et puis j'ai trouvé cette maison abandonnée…

P. P. a fait la grimace.

– On peut rêver plus confortable en fait de villégiature.

– Et après ?

– Je vais tout dire au procès. C'est notre dernière chance, à mon père et à moi, de faire éclater la vérité. Il faut juste que je me cache jusque-là.

– Et tu crois qu'oncle Georges…

Il a réprimé un frisson.

– Il doit me chercher partout. Et s'il a deviné que j'ai découvert son secret…

Il n'en a pas dit davantage mais ça nous a donné la chair de poule à tous les trois.

– Il ne t'attrapera pas, a assuré Mathilde. Tu n'es plus tout seul, maintenant, Samuel. On va te tirer de ce guêpier, tu vas voir.

14

Résolutions

On était tous d'accord : pas question d'abandonner le petit Blet.

Mathilde a jeté un regard vers sa montre. Il était plus de minuit. Ça allait sacrément barder chez elle si elle ne rentrait pas dare-dare.

Que devions-nous faire ? Tout raconter à la police ? L'envoyer fouiller le garage d'oncle Georges avant qu'il ait caché le butin ailleurs ? Je ne l'ai pas dit au petit Blet pour ne pas lui casser le moral mais, si son oncle avait déjà fait disparaître l'argent, ses accusations ne pèseraient pas lourd. Que vaut la parole d'un enfant contre celle d'un adulte ? Pas grand-chose, malheureusement. En tant que cancre officiel du collège, je suis bien placé pour le savoir.

– Déjà, il faut te sortir d'ici, Samuel, a décrété Mathilde. Tu vas tomber vraiment malade si tu restes dans cette glacière une nuit de plus. Je t'aurais bien proposé de dormir chez moi mais…

Elle a laissé sa phrase en suspens. Je n'avais aucune

peine à imaginer la tête de ses parents si elle ramenait le gamin chez elle à cette heure. Ma mère a la même quand je rentre crotté du foot avec un copain pour goûter.

– Rémi, le dortoir ?

– Trop risqué. Pas un box de libre, et le principal nous surveille comme le lait sur le feu depuis… depuis tu sais quoi.

Elle m'a fait signe qu'elle avait compris. Inutile de culpabiliser le petit Blet avec nos propres problèmes. Même s'il en était responsable, c'était bien involontairement.

– Pas grave, a dit le petit Blet avec résignation. Vous avez déjà fait beaucoup.

C'est le moment qu'a choisi la bougie pour s'éteindre, nous plongeant dans la pénombre.

J'ai glissé les piles confisquées à P. P. dans ma lampe torche mais, cette fois, elle a refusé de s'allumer.

– Il doit bien y avoir une solution ! s'est emportée Mathilde.

– Il faut nous rendre à l'évidence, mes bons amis, a soupiré P. P. Je crains que la situation ne soit sans issue. À moins que…

Il s'est tu brusquement, l'index en l'air, avant de faire les cent pas dans le cercle de lumière dessiné par le lampadaire de la rue.

Une idée venait de germer dans les replis grassouillets de son prodigieux cerveau.

– À moins que quoi ?

P. P. s'est gratté le crâne sans répondre. Les yeux plissés par la concentration, il ressemblait à un gros chat tournant autour d'une souris.

– Oui… C'est la seule solution… Naturellement… Pourquoi n'y ai-je pas songé plus tôt ?

– À moins que *quoi* ? Accouche, P. P. On n'a pas toute la nuit !

Il m'a dévisagé comme s'il me découvrait pour la première fois, avant de dire d'un petit air satisfait :

– À moins que notre jeune ami ne veuille reposer à la Morgue, Rémi !

– À la *morgue* ? a répété Mathilde. Tu es fou ?

P. P. a éclaté de rire.

– Allons, ma brave Mathilde ! J'oublie parfois que tu es une créature tendre et émotive, comme toutes les filles. Sache que la Morgue, dans notre rude jargon d'internes, désigne l'infirmerie du collège. Un petit local douillet où officie cette bonne Mme Taillefer. Notre jeune protégé y jouira d'une paix royale.

– Super idée, P. P., j'ai ricané. Je te laisse la réveiller et lui expliquer ton plan foireux.

– Comment, tu ne le savais pas ? Mme Taillefer est en congé maladie.

– En congé maladie ? Pas mal, pour une infirmière.

– Ce qui signifie qu'il n'y a personne dans ses locaux, a conclu triomphalement P. P. Brillant, non ?

À mon tour de me gratter la tête. C'était jouable, après tout. On pouvait cacher le petit Blet dans le collège au nez et à la barbe des surveillants.

– Je crains que vous n'ayez oublié un détail, est intervenue Mathilde. Un détail sans doute insignifiant pour de rudes et brillants garçons comme vous. Mais si Mme Taillefer est absente, l'infirmerie doit être bouclée à double tour. Non ?

Cela me faisait mal de l'avouer, mais elle avait raison, bien sûr.

– Oh, a dit le petit Blet qui nous avait écoutés jusque-là sans un mot, si c'est juste une histoire de serrure, je crois que ce ne sera pas trop un problème.

15

Bienvenue à la Morgue

Moins de trois minutes après, on quittait la Villa Personne.

– Je file, a dit Mathilde. Vous me racontez demain, n'est-ce pas ?

C'était bien la première fois qu'elle semblait frustrée de ne pas être interne. Il n'y a pas de dortoirs de filles au collège – et heureusement, parce qu'il faudrait poireauter des heures pour accéder aux lavabos. Mais, après les événements de la nuit et malgré le froid mordant, on avait un peu de mal à se quitter.

– Merci d'être restée avec moi, a fait Samuel.

Mathilde a haussé les épaules et lui a adressé un petit signe de la main tandis que je la raccompagnais à son vélo.

Elle l'avait laissé accroché à un lampadaire au bout de la rue et il était recouvert d'une épaisse couche de neige.

– Tu es sûre qu'il n'y aura pas de problèmes avec

tes parents ? j'ai demandé pendant qu'elle enfilait son casque.

– Pas de souci : je suis experte en bobards. Et vous, ça va aller ?

– Bah ! Au lieu d'être consignés pour les vacances, on risque juste d'être virés définitivement du collège, c'est tout.

Ça l'a fait sourire.

– Tu feras gaffe en rentrant, hein ? Ça doit salement déraper.

– T'inquiète, je conduirai comme une limace. Bonsoir, Rémi.

Elle s'est haussée sur la pointe des pieds (je suis plutôt grand pour mon âge) et a fait le geste de m'embrasser.

Est-ce mon mouvement de surprise ? La visière de son casque qui lui a fait manquer sa cible ? Son baiser a raté ma joue et s'est posé sur mes lèvres.

L'instant d'après, elle avait enfourché sa bécane et disparaissait à fond de train dans la nuit, me laissant les bras ballants comme un idiot.

– Bon… bonsoir, j'ai répondu à la rue vide et aux flocons qui voletaient.

Puis j'ai rejoint les autres avec l'impression que mon cerveau avait été brutalement débranché.

Qu'est-ce qui m'arrivait ?

P. P. et le petit Blet s'étaient déjà hissés sur le balcon qui sert à faire le mur. Comme j'enjambais la balustrade à mon tour, j'ai cru apercevoir une voiture qui stationnait tous feux éteints à l'angle de la Villa Personne. Une grosse Mercedes couleur nuit comme celle que j'avais vue à l'aller.

Mais j'étais trop chamboulé par le baiser de Mathilde pour y prêter vraiment attention.

La porte dérobée, la galerie donnant sur la cour : quelques secondes plus tard, on cavalait tous les trois dans le collège endormi.

P. P. est tellement douillet que c'est un grand habitué de la Morgue.

Il faut grimper jusqu'au dernier étage, strictement interdit aux externes, puis enfiler un couloir bas de plafond. Au bout, une porte verte marquée « Infirmerie ».

– Fermée à double tour, bien sûr, comme nous l'avions supputé, a constaté P. P. avec sa mauvaise foi habituelle en secouant la poignée.

Il a ouvert son sac à dos et en a renversé le contenu sur le sol.

– Fil de fer ? Clef anglaise ? Tournevis cruciforme ? Pince-monseigneur ?

Je comprenais mieux, en découvrant ce bric-à-brac, le bruit de ferraille qu'il faisait en marchant.

– Pas besoin, a murmuré le petit Blet en sortant de sa poche un trombone tout tordu. Je devrais m'en sortir avec ça.

Il a farfouillé dans la serrure et, en moins de temps qu'il ne faut pour le dire, la porte s'est ouverte en silence.

P. P., vexé qu'on ait boudé son matériel dernier cri, a émis un petit toussotement.

– Pas mal. Pour un simple sixième, je veux dire. À mon tour de te montrer ma méthode infaillible.

– Pas le temps, j'ai dit en les poussant à l'intérieur.

La Morgue de notre vieux collège est située sous les toits. Elle n'a pas de vraies fenêtres, juste de petites lucarnes rondes comme les hublots d'un bateau. On pouvait allumer sans qu'on voie les lumières depuis le reste du bâtiment.

Bonne nouvelle, le chauffage marchait à fond, et les deux lits étaient faits. J'ai montré au petit Blet le coin douche et, à côté de l'armoire à médicaments, le bureau où Mme Taillefer cache les friandises qu'elle donne aux élèves patraques pour leur remonter le moral.

– N'hésite pas à tout manger. Ça évitera à certains de faire semblant d'être malades pour venir se goinfrer.

– Très drôle, a fait P. P. avant de s'adresser au petit Blet avec sévérité. Dormir à la Morgue est un privilège réservé à nous autres, les internes, l'élite de ce collège. J'espère que tu mesures l'honneur qui t'est fait, Samuel Blet.

Le garçon restait timidement planté au milieu de la pièce, les joues en feu après le froid du dehors. L'infirmerie n'est pas très confortable mais, à côté de la Villa Personne, c'était un vrai cinq-étoiles.

– Enferme-toi, j'ai dit. Défense d'ouvrir ou de pointer ton nez dehors, pigé ? On passera te voir demain.

Et t'inquiète pas pour oncle Georges. Il ne te trouvera jamais ici. Tu peux dormir sur tes deux oreilles.

Revenu dans ma carrée, je suis tombé tout habillé sur mon lit.

Une heure du matin sonnait à l'horloge du collège et je n'avais jamais été aussi rincé de toute ma vie.

Après l'humidité glaciale de la Villa Personne, c'était bon de retrouver la chaleur du dortoir, son odeur de vieilles chaussettes, de respirations et de radiateurs poussiéreux.

Pourtant, impossible de dormir. J'avais beau me tourner et me retourner, le film de la soirée tournait en boucle dans ma tête.

Mathilde m'avait embrassé.

Je n'en revenais pas ! D'habitude, on se dit bonjour et au revoir de loin, sans se toucher. Parce que c'est juste ma meilleure copine, rien de plus, quoi qu'en disent les commères du collège et cet idiot de Philibert.

Quoi ? On n'aurait pas le droit d'être seulement ami avec la plus belle fille du collège ?

Ce n'est pas du tout le genre de Mathilde de manifester ses sentiments. Elle m'aime bien, c'est sûr, je la fais rire, mais de là à m'embrasser sur la bouche !

Est-ce qu'elle l'avait fait exprès ? Bien sûr que non. Elle avait juste dérapé, c'est tout. Pas facile de viser la joue d'un garçon quand on porte sur la tête un casque en forme de bombe de cavalière.

C'était ça, un dérapage, rien de plus. Une simple erreur de tir. Si ça se trouve, je faisais toute une histoire d'un truc sans importance. D'un truc qui ne s'était même pas passé, peut-être, et que je n'avais fait qu'imaginer.

Sauf que j'avais encore sur les lèvres le goût sucré du bonbon à la menthe qu'elle avait croqué avant de me dire bonsoir.

Foi de Rémi Pharamon, j'allais être salement gêné au moment de la retrouver demain !

16

L'ultimatum

J'ai émergé si tard, ce matin-là, que j'ai raté le petit déjeuner.

J'avais trois mille heures de sommeil en retard, l'impression que mon crâne avait été scié en deux durant la nuit, et j'étais d'une humeur de chien.

Pour couronner le tout, une mauvaise surprise m'attendait quand j'ai déboulé en retard devant la salle de français.

Le bonhomme de neige à l'effigie de P. P. trônait toujours au milieu de la cour. Mais un petit malin lui avait glissé autour du cou une corde de pendu.

Je suis entré en classe en baragouinant une vague excuse. Comme je passais devant Philibert :

– Faut qu'on se cause, il a sifflé entre les dents. Rendez-vous à la récré près du gymnase. Et t'avise pas de te défiler, Rémi.

J'ai jeté mon sac sur la place libre à côté de Mathilde avant de m'affaler sur ma chaise.

– Ça va ? elle a chuchoté.

Comment elle faisait ? Elle n'avait pas dû dormir plus que moi mais elle était fraîche comme une rose, les cheveux tirés en queue-de-cheval et l'œil pétillant.

J'ai grogné quelque chose en fourrageant dans mes affaires pour éviter de la regarder. Évidemment, j'avais oublié mon bouquin au dortoir.

Elle a mis le sien entre nous et a soufflé :

– Page 22, exercices 5 à 8. Les propositions circonstancielles. Le prof ramasse à la fin de l'heure.

Mon classeur de français n'était pas en meilleur état que moi. Quand j'ai voulu l'ouvrir, les anneaux ont cédé et une pluie de feuilles perforées s'en est échappée.

J'ai plongé sous la table pour me retrouver nez à nez avec Mathilde.

– Tu en fais une tête ! elle a murmuré en m'aidant à les ramasser. Un souci avec le petit Blet ?

– Laisse tomber, j'ai dit. Raté le petit déj, c'est tout.

– Au fait, mes parents dormaient quand je suis rentrée. Merci de t'en inquiéter, Rémi.

Et elle ne m'a plus adressé la parole de toute l'heure.

J'avais à peine écrit la date et le numéro du premier exercice que la cloche a sonné.

– Félicitations, Pharamon, a ricané le prof en relevant les copies. Voilà qui va arranger votre moyenne.

P. P., hilare au premier rang, m'a fait un signe moqueur de son pouce renversé.

J'ai passé l'heure suivante dans un semi-coma. J'ai même dû m'endormir car, quand j'ai rouvert les yeux, j'avais la tête couchée sur mon sac à dos et la salle était vide.

Entièrement vide.

Mon sang n'a fait qu'un tour. Vite ! Pourvu que la récré ne soit pas terminée ! J'ai attrapé ma trousse, mon classeur démantibulé, mon sac, et j'ai sprinté comme un malade vers l'entrée du gymnase.

Philibert m'y attendait, les mains dans les poches et la mine furax.

– Failli attendre, il a aboyé avant de faire claquer la bulle de son chewing-gum. T'avais pas oublié, j'espère ?

Il a jeté un regard goguenard vers Mathilde qui papotait plus loin avec ses copines, avant d'ajouter :

– À moins que môssieur ait eu un autre rendez-vous plus urgent…

– Écoute, Phil, j'ai fait en tâchant de reprendre mon souffle, je comprends que tu sois en pétard. Mais je te le redis : P. P. n'est pas coupable.

– Et pourquoi je te croirais ?

– J'ai presque démasqué le voleur.

– Presque ?

– J'ai juste besoin d'un peu de temps, Phil. Fais-moi confiance. Est-ce que je t'ai déjà mis dans le pétrin ?

Philibert a fait rouler ses sourcils tout en mastiquant violemment son chewing-gum, signe chez lui d'une intense réflexion.

– On a toujours été potes toi et moi, Rémi, il a fini par cracher. Enfin, jusqu'à maintenant. Mais je te préviens, je retiendrai pas les gars très longtemps…

J'ai poussé un soupir de soulagement.

– Merci, Phil. Je te revaudrai ça.

Philibert m'a planté son index dans le plexus.

– T'as jusqu'à ce soir, il a martelé. Pas une minute de plus.

– Et c'est quelle heure, ça, ce soir plus une minute ?

– Fais pas le malin, il a dit en vissant son doigt dans mon thorax. Tu nous sors de là *rapido* où je te jure que, P. P. et toi, vous allez passer un sale quart d'heure.

Et au cas où je n'aurais pas compris le message, il a fait le geste de serrer une corde autour de son cou.

Puis il a expédié son chewing-gum en direction de la poubelle et a rejoint sa bande qui l'attendait à l'écart.

J'ai dégluti avec peine. Ouf ! sauvé... Au moins pour le moment.

Sauf que, pour ça, j'avais dû servir un gros bobard à Philibert. On avait bien démasqué le voleur, c'est vrai, mais il n'était pas question de le livrer au principal. Pour qu'il appelle la police ? Ou, pire, cette ordure d'oncle Georges ?

J'ai jeté un coup d'œil découragé vers les lucarnes de l'infirmerie.

En fait, les choses ne faisaient qu'empirer depuis le début. P. P. a beau être un génie, son idée de cacher le petit Blet là-haut nous mettait dans une sacrée panade.

Une catastrophe n'arrivant jamais seule, j'ai failli m'étrangler en cherchant une place dans le réfectoire, chargé de mon plateau.

P. P. était attablé au fond, devant une double ration de saucisses frites. Il rigolait comme un bossu, et vous ne devinerez jamais avec qui…

Le petit Blet.

– Ce bon Rémi ! Joins-toi donc à nous. J'étais justement en train d'expliquer à notre jeune ami ta nullité sidérale en grammaire !

Je me suis glissé à leur table avec l'impression que tous les demi-pensionnaires du collège avaient les yeux braqués sur nous.

– T'es malade ou quoi ? Qu'est-ce qu'il fait là ?

– Il déjeune, comme tu peux le constater.

– À la cantine ? Devant tout le monde ?

P. P. s'est penché à mon oreille :

– Je lui ai habilement prêté un ticket-repas et une tenue décente.

– P. P., c'est du délire ! Il va se faire choper par un surveillant !

– Au milieu de trois cents élèves ? Allons donc. Est-ce que tu ne l'as pas pris toi-même pour un sixième, la première fois que tu l'as rencontré ?

Il n'avait pas tout à fait tort. Débarbouillé, vêtu d'un jean, d'un pull et d'un vieux blouson que P. P. avait dégottés à la lingerie, le petit Blet passait facilement pour un collégien ordinaire.

– Il devait rester caché à la Morgue ! Qu'est-ce qui t'a pris ?

– Simple bonté d'âme. Voilà des semaines que ce pauvre garçon n'a pas fait un repas digne de ce nom. Tu préférerais qu'il meure d'inanition dans d'atroces souffrances ? s'est offusqué P. P. avant de gober une saucisse entière.

Le petit Blet, l'air penaud, assistait à notre dispute sans un mot. Son visage s'est éclairé quand Mathilde s'est glissée à son tour à la table.

– Bravo, les garçons, elle a applaudi. De mieux en mieux. Vous ne voulez pas aussi promener Samuel dans tout le collège avec une pancarte « Faux élève » autour du cou ?

– Encore une idée de génie de P. P., je me suis défendu. Ce type est complètement siphonné.

– Venant d'un énergumène qui ignore la différence entre un COD et un attribut du sujet, je prends ça pour un compliment, a riposté P. P.

J'étais tellement hors de moi que j'aurais sauté sur P. P. si le petit Blet ne s'était pas interposé.

– Arrêtez ! Tout est ma faute.

Mathilde a levé les yeux au ciel.

– Ce n'est pas *ta* faute si tu as affaire à deux empotés qui…

– Je ne veux pas que vous vous disputiez. Vous avez assez d'ennuis à cause de moi.

– Des ennuis ?

– Pierre-Paul m'a tout raconté. Je suis désolé. Je vais partir. Je me débrouillerai tout seul.

J'ai fusillé P. P. du regard. Décidément, il n'en ratait pas une.

– On va s'en sortir, t'inquiète pas. Mais toi, qu'est-ce que tu vas faire ? Retourner à la Villa Personne ?

Il a secoué la tête.

– Je ne sais pas. Il faut que je tienne jusqu'au procès. Pour mon père. Je trouverai bien un endroit.

– Et oncle Georges ? on s'est exclamés tous les trois.

Heureusement, le réfectoire était plein comme un œuf, et nos éclats de voix étaient couverts par le raffut des chaises et des couverts entrechoqués.

Le petit Blet a grimacé.

– On verra bien… Vous m'avez assez aidé comme ça. Et merci pour les vêtements. Ça vous embête pas que je les garde un peu ? Je vous les rapporterai, promis.

17

Tic tac, tic tac…

Le petit Blet a beau être épais comme une crevette, on ne fait pas plus têtu.

Sauf Mathilde Blondin peut-être…

Ce n'est pas pour rien qu'elle a été élue déléguée de notre classe. Quand elle a une idée en tête, aucun prof ne peut lui résister. Mais elle a dû palabrer un bon moment pour convaincre Samuel.

La reprise des cours sonnait quand il s'est laissé raccompagner à sa cachette sous les toits.

Histoire qu'il ne s'ennuie pas trop, P. P. lui a prêté un magazine de mots croisés en latin, niveau 7, et moi un vieux jeu de Subbuteo emprunté au foyer du collège et que je n'avais jamais rendu.

Je lui ai installé le plateau qui sert de terrain, les mini-cages de foot, et lui ai montré comment shooter d'une pichenette dans le mini-ballon.

– On repassera ce soir après l'étude, j'ai promis. D'ici là, tu fais le mort.

– À la Morgue ? Amusant, Pharamon, a fait remarquer P. P. Tu ne nous avais pas habitués à tant d'esprit.

D'une bourrade, je l'ai poussé dans le couloir avant de refermer la porte et de filer hors d'haleine en cours de SVT.

L'après-midi a passé comme au ralenti.

Enfin, pour moi.

J'étais séparé de Mathilde qui bavardait au fond. Quant à P. P., au premier rang, il notait scrupuleusement le cours tout en imitant avec sa bouche les raclements de la croûte terrestre.

J'aurais pu le tuer.

À un moment, un bout de papier plié en quatre a rebondi sur ma table.

« J'ai chorale de 5 à 7. Je vous retrouve où tu sais après l'étude. »

Pas de « Cher Rémi » ni de « Excuse-moi de t'avoir fait la tête toute la matinée », mais je reconnaissais cette écriture.

J'ai jeté un coup d'œil vers Mathilde. Elle était occupée à démêler sa queue-de-cheval avec un crayon et ne m'a pas accordé un regard.

Est-ce qu'elle était gênée elle aussi, à cause du baiser d'hier soir ? Ou seulement furax que j'aie fait comme si de rien n'était, ce matin, en la retrouvant ? L'humeur des filles est tout aussi incompréhensible qu'un cours sur les plaques tectoniques, et j'ai passé le reste de l'après-midi à dessiner des cœurs à l'intérieur de ma trousse en me traitant de gros nul. J'ai quand même réussi à la coincer à la sortie.

– Quoi ? Je suis pressée, Rémi !

– Rien. Enfin si… Quelque chose à te demander.

Elle m'a dévisagé sans ciller.

– Mon classeur ? Tu n'as rien noté du cours ?

– Non. Si. C'est pas ça…

Elle a poussé un soupir exaspéré.

– Pour ce soir, alors ? Tu n'as pas eu mon message ? Rendez-vous après l'étude. Laisse-moi passer maintenant. Il faut vraiment que j'y aille.

Impossible de la retenir. Elle a filé comme une flèche vers la salle de musique.

C'était ce qu'on appelle un gros vent.

Tant pis pour moi. Je l'avais bien cherché.

Mathilde, cette année, s'est inscrite à *tous* les clubs du collège. Enfin, à presque tous. Quand elle m'avait demandé de venir à la chorale parce que son groupe manquait de garçons, je lui avais ri au nez. Moi ? Pourquoi pas m'inscrire au club pipeau, aussi ? D'abord, je chante faux. Ensuite, j'aime mille fois mieux me faire un foot dans la cour ou une partie de ping-pong que me retrouver au milieu d'un groupe de filles à la bouche en cœur et aux voix suraiguës.

Ça m'aurait trop rappelé ma première communion.

– Viens ! avait imploré Mathilde. Tu verras, c'est super, on ne chante que du jazz moderne.

– Avec cette momie de Bréjaut ? j'avais ricané. Elle a au moins trois mille ans !

Mathilde avait levé les yeux au ciel et n'en avait plus reparlé.

J'ai traîné un moment dans la cour en ruminant des idées noires. On n'était pas nombreux dehors, à cause du froid et de la neige, et l'air joyeux qu'on entendait derrière les vitres éclairées de la salle de musique m'a rappelé Noël et la menace du principal.

Si j'étais collé pour les fêtes, ma mère serait désespérée.

– *Tic tac, tic tac !* a fait quelqu'un dans mon dos.

J'ai sursauté. C'était Philibert.

– L'heure tourne, Rémi, il a dit d'un ton sinistre en me fourrant sa montre sous le nez.

– Ça va ! Tu vas me casser les pieds longtemps ?

Il a ricané.

– T'es prévenu, mon pote. Tu déballes tout au principal, et *rapido*, ou ça va finir dans un bain de sang.

Qu'est-ce qu'il avait avec son *rapido* ? Il se prenait pour Al Capone ? J'aurais pu lui mettre mon poing dans la figure, à cet âne – ça m'était déjà arrivé –, mais ça n'aurait pas réglé la question.

J'ai préféré shooter dans un tas de neige et m'éloigner vers la permanence en traînant des pieds, pour bien montrer que j'avais la situation en main et qu'il ne m'impressionnait pas du tout.

18

Ce cher M. Coruscant

– Pharamon ? Eh bien, mon garçon, vous avez l'air préoccupé. Des ennuis ?

Je tournais à l'angle de la cour, perdu dans mes pensées, quand j'avais percuté une silhouette qui arrivait dans l'autre sens à grandes enjambées.

Manteau, veste de tweed, gilet à carreaux, cheveux en brosse, c'était M. Coruscant.

J'ai bredouillé des excuses avant de me précipiter pour ramasser son cartable que j'avais envoyé voler dans la neige.

– Encore désolé, m'sieur. Je ne vous avais pas vu.

M. Coruscant est notre professeur principal. C'est aussi notre prof d'histoire-géo. Il a une voix de stentor, une collection impressionnante de nœuds papillons et une écriture si tordue que personne n'arrive à déchiffrer ses appréciations sur les copies.

Mais tous les élèves l'adorent, même moi qui suis nul en histoire. Avec lui, les leçons ne sont jamais ennuyeuses : il fait des plans de bataille au tableau, distribue les rôles, gesticule sur l'estrade et change de voix comme s'il était tous les personnages. On ne se croirait plus en classe mais au cinéma.

Il a brossé son cartable couvert de neige (M. Coruscant est très maniaque) et a planté ses yeux dans les miens.

– Alors, Pharamon, ces soucis… Vous souhaitez m'en parler ?

– Rien de grave, m'sieur. Des trucs… euh… d'internes.

– Comme vous voudrez. Mais un adulte peut être de bon conseil, quelquefois. Surtout lorsque l'on vit comme vous loin de ses parents.

Il a remis d'aplomb son nœud papillon.

– Si vous changez d'avis, vous savez où me trouver. Ma salle vous est toujours ouverte. À demain, Pharamon.

Il avait déjà tourné les talons quand je l'ai rappelé.

– M'sieur ?

Je prenais un gros risque mais tant pis. M. Coruscant n'est pas comme les autres profs. Cancres ou premiers de la classe, il traite tout le monde de la même façon. Si quelqu'un pouvait nous aider, c'était bien lui.

Il est revenu sur ses pas et je lui ai tout raconté : les vols dans la cuisine, le papier d'emballage oublié et la promesse du principal de consigner tout le dortoir si le coupable ne se dénonçait pas.

Bien sûr, je n'ai rien dit du petit Blet et de son histoire, ni du fait que nous le cachions depuis la veille dans l'infirmerie du collège. Ma confiance dans les adultes ne va pas jusque-là.

M. Coruscant m'a écouté avec attention, et quand j'ai eu fini :

– Une affaire délicate, en effet, il a murmuré. Si je comprends bien, vous n'êtes pas responsable de ces larcins…

– Non, m'sieur.

– Et l'un de vos amis en est accusé à tort…

– Oui, m'sieur.

– Vous connaissez le vrai coupable mais vous ne voulez pas le dénoncer, ce qui serait de la délation…

– Comme vous dites, m'sieur.

– Mais, ce faisant, vous condamnez vos camarades à une punition générale qu'ils n'ont pas méritée. Ai-je bien résumé la situation?

– Parfaitement, m'sieur.

M. Coruscant a hoché pensivement la tête.

– Vous avez bien fait de vous confier à moi, Pharamon. Vos scrupules de conscience vous honorent. Mais je vais vous rassurer tout de suite : vous passerez tous les fêtes de Noël en famille. M. le principal n'a pas le pouvoir de vous en empêcher, surtout pour une telle peccadille.

– Vous êtes sûr ? Mais alors pourquoi…

– Simple stratégie dissuasive, mon garçon. M. Courtejambe a voulu marquer les esprits pour empêcher que ces vols ne se poursuivent. Mais personne ne sera collé pour les vacances, je puis vous l'assurer.

J'ai eu l'impression qu'on venait de m'enlever des épaules un sac de ciment pesant une tonne au moins.

– Merci, m'sieur, j'ai bredouillé.

– S'il se dénonce, ce que je l'encourage à faire, a poursuivi M. Coruscant, votre voleur écopera d'un simple avertissement, rien de plus. Je m'engage à plaider pour sa défense s'il le faut. Ce n'est pas l'ennemi public n° 1, que diable ! Quel pensionnaire n'a jamais eu faim ?

Si M. Coruscant n'avait pas été notre professeur principal, je lui aurais volontiers sauté dans les bras. Mais ce n'est pas le genre de choses qu'on se permettrait avec lui. Pas plus qu'on n'aurait l'idée de chahuter dans son cours ou même de bavarder au fond.

Déjà, il avait repris son air distant.

– Maintenant, filez à l'étude, Pharamon. Vos camarades du club philatélie m'attendent.

Il a tapoté son cartable avant d'ajouter avec gourmandise :

– J'ai une petite rareté à leur montrer : un timbre oblitéré de ma collection personnelle dont il n'existe que trois exemplaires dans le monde ! Bien le bonsoir, Pharamon.

Il s'est éloigné et j'ai filé de mon côté, le cœur plus léger, en me disant que je venais de trouver ce qu'est la définition d'un bon prof : un type capable de donner envie à un garçon comme moi de s'inscrire pour le prochain trimestre au club philatélie du collège.

– Ce cher et vénéré M. Coruscant !

P. P. a joint les mains en signe d'adoration avant d'ajouter :

– Rappelle-moi d'allumer un cierge devant la photo de lui qui trône sur ma table de chevet, Rémi. Plus d'épée de Damoclès au-dessus de nos têtes, alors ?

– Ne te réjouis pas trop vite, j'ai soupiré. Le principal attend toujours qu'un coupable se dénonce, et Philibert et les gars du dortoir ne lâcheront pas le morceau comme ça.

Ce soir-là, ils avaient entraînement de handball et ne rentreraient que plus tard. Ça nous laissait un court répit.

– Et puis il y a toujours le petit Blet, j'ai poursuivi à mi-voix. Qu'est-ce qu'on va en faire ? Si M. Guillemet ou un pion s'avise d'aller faire une ronde du côté de l'infirmerie…

Je m'étais installé tout au fond de la permanence avec P. P. Il avait empilé ses livres et ses cahiers devant nous, formant un rempart presque aussi haut que la muraille de Chine.

– Il faut le convaincre de tout avouer, a suggéré P. P. Après tout ce que l'on a fait pour lui, ce garçon nous doit bien ça.

– Pour que le principal appelle oncle Georges ? Ou pire encore, qu'il le livre à la police comme fugueur ?

– J'y ai pensé, figure-toi. Voici comment nous allons procéder : on lui fait rédiger une lettre d'aveux, signée de sa main, et c'est nous qui l'apportons à

M. le principal – sans rien révéler de sa cachette, naturellement.

– Ça ne marchera jamais. M. Courtejambe pensera que c'est l'un de nous qui l'a bidouillée.

P. P. a secoué triomphalement sa bouille ronde.

– C'est là que mon plan touche au sublime, Rémi. Le petit Blet va écrire ses aveux… *avec son propre sang* ! Comme ça, si M. Courtejambe a des doutes, un simple test ADN certifiera l'authenticité de la lettre et nous innocentera du même coup. Qu'en dis-tu ?

Je l'ai dévisagé avec accablement.

– Que le rhume t'a totalement déglingué le cerveau, P. P.

– Parce que tu as une meilleure idée, peut-être ?

– Aucune, j'ai soupiré.

Pile à cet instant, la porte de la permanence s'est ouverte à la volée. C'était M. Guillemet.

– Convocation à diffuser à *tous* les internes, il a aboyé à l'intention du surveillant. Huit heures demain matin dans le bureau de M. le principal. Et que personne ne s'avise d'être en retard, surtout !

Il nous a jeté un regard lourd de menaces et est ressorti du même pas en claquant la porte derrière lui.

19

Mathilde s'en mêle

Après l'étude du soir, le collège se vide peu à peu. À mesure que les activités se terminent – ateliers, heures de colle, conseils de classe… –, les derniers externes rentrent chez eux. Bientôt, il ne reste plus que nous, les internes. On a un petit bout de temps libre avant le dîner.

D'habitude, j'aime bien ce moment. Les pions nous fichent la paix et on peut faire à peu près ce qu'on veut : remonter au dortoir, aller au foyer ou traîner en bande dans la cour de récré.

Ce soir-là, il faisait si froid que tout le monde était à l'intérieur. Il n'y avait que P. P. et moi qui poireautions dehors, du côté du bonhomme de neige, en attendant que s'achève la séance du club chorale.

– Qu'est-ce qu'elle fait ? a râlé P. P. en trépignant sur place. On ne peut jamais compter sur les filles pour la ponctualité. Tant pis, dans cinq minutes, je monte.

– À ta place, j'éviterais le dortoir pour l'instant, j'ai prévenu.

L'équipe de Philibert ne tarderait pas à revenir de l'entraînement. Dès qu'ils apprendraient la convocation chez le principal, on serait dans de sales draps, P. P. et moi.

– On peut toujours se cacher un moment à l'infirmerie, nous aussi. Mais il faudra bien descendre dîner. Et là…

– Ne tergiversons pas plus longtemps, a déclaré P. P. Il y a de la lumière dans le bureau de la direction. Allons nous dénoncer avant que cela dégénère.

– *Nous ?*

– Pas moi, naturellement. Jamais notre estimé principal ne me croira capable d'une telle ignominie.

– Tu proposes que je m'accuse à tort, alors ? Tu es vraiment un trop chouette copain, P. P.

– Je n'aurai pas la cruauté de te le rappeler, mais, si tu ne m'avais pas volé mes Country Snack, rien de tout cela ne serait arrivé.

– Ça va, j'ai dit. Selon M. Coruscant, je ne risque pas grand-chose. Alors, une punition de plus ou de moins… Je vais me dénoncer. C'est le seul moyen de calmer Philibert et sa bande.

– Trop tard, mes gaillards ! a croassé le bonhomme de neige dans notre dos.

P. P. a poussé un cri, avant de reconnaître Mathilde et son bonnet à pompon qui émergeait de l'obscurité, hilare.

– Je vous ai bien eus !

– Ça t'amuse de jouer à terroriser les gens ?

– J'adore, elle a gloussé. Vous avez de vraies têtes d'enterrement tous les deux.

Visiblement, avoir chanté à tue-tête pendant qu'on se morfondait dans le froid l'avait rendue d'excellente humeur.

– J'ai trouvé une solution d'urgence pour le petit Blet, elle a lancé sans transition. Une copine de la chorale. Ses parents partent en week-end, elle est d'accord pour l'héberger une nuit ou deux. Seulement, c'est maintenant !

– Maintenant ? j'ai répété, un peu pris de court par son énergie.

Elle a montré la salle de musique encore allumée.

– Maintenant. Les filles papotent avec Mlle Bréjaut. Ça me laisse tout juste le temps de monter, de prendre Samuel et de quitter le collège avec lui comme si on sortait de la chorale.

– Tu veux t'introduire illégalement dans nos quartiers ? a glapi P.P. avec horreur. Toi, une vulgaire représentante de la gent féminine ? Mais c'est contraire à toutes nos traditions !

C'était surtout hyper risqué. Mais allez retenir Mathilde quand elle a une idée en tête…

– Si tu veux mon avis, elles doivent sentir la chaussette de foot, vos traditions de garçons, elle a riposté. On y va, Rémi ?

– Un de Culbert ne sera jamais complice d'un

tel sacrilège, s'est étranglé P. P. Ne comptez pas sur moi pour vous accompagner. Je me l'interdis absolument !

Mais déjà Mathilde m'entraînait vers les étages.

– Qu'est-ce qui lui arrive, à Pierre-Paul ? Il est complètement givré, non ?

– Laisse tomber, j'ai dit. Il a juste la trouille que tu te fasses prendre.

– Aucun risque, elle a rigolé. J'ai un éclaireur hors pair.

Ce qui avait tout d'un compliment… ou peut-être pas. Comment savoir ?

Je risquais gros moi aussi si j'étais surpris avec elle. Mais dans la pénombre, avec son bonnet enfoncé jusqu'aux yeux, elle passerait peut-être inaperçue si on croisait des internes ou un surveillant.

On a grimpé les étages quatre à quatre en rasant les murs. Mathilde est super sportive et n'avait aucun mal à me suivre. Une ou deux fois, j'avoue, je me suis aplati dans un angle, feignant un danger imaginaire pour le seul plaisir de la sentir se serrer contre moi.

– Quelqu'un ?

– Non, rien, j'avais cru…

– On y est déjà ? s'est étonnée Mathilde quand on est arrivés en haut sans incident.

Elle avait l'air presque déçue d'avoir échappé au danger.

– J'aurais pu monter tout seul, ç'aurait été plus sûr, j'ai fait remarquer.

– Mais beaucoup moins drôle ! Tu te rends compte que je suis peut-être la seule fille de l'histoire de ce collège à explorer la Morgue ?

– C'est pas la Grande Pyramide quand même…

– Ah bon ? Vous ne dormez pas dans des sarcophages ?

– Silence, j'ai dit en toquant discrètement à la porte de l'infirmerie.

J'ai dû m'y reprendre à deux fois.

Après plusieurs secondes, elle s'est entrebâillée légèrement, laissant passer le visage méfiant du petit Blet.

– Ramasse tes affaires, j'ai dit en le poussant pour entrer. Magne-toi. Tu dégages d'ici tout de suite.

– Je dégage ?

Il avait dû dormir une bonne partie de l'après-midi parce qu'il avait des marques d'oreiller sur la joue et les yeux tout gonflés de sommeil.

Mathilde est entrée à son tour et j'ai verrouillé la porte derrière elle, par précaution.

– Je t'ai trouvé un endroit, elle a expliqué à Samuel. Chez une de mes copines. Tu y seras mieux qu'ici.

– Maintenant ?

Le jeu de Subbuteo était exactement comme je l'avais installé, et les draps du lit n'étaient même pas froissés. Il avait dû dormir dessus pour ne rien déranger.

– Maintenant, j'ai répété en lui tendant ses chaussures. T'as autre chose de plus urgent à faire ?

– Je peux pas partir comme ça, il a dit en évitant de nous regarder. Faut d'abord que je passe à la Villa Personne.

– À la Villa Personne ? Mais pourquoi ? Tu y as laissé des affaires ?

– Non. Enfin si…

Il se tordait les mains, l'air gêné.

– Alors ? s'est impatientée Mathilde. Ma copine attend. Qu'est-ce que tu as de si précieux à prendre à la Villa Personne ?

Il a baissé la tête.

– Le butin, il a avoué dans un souffle.

Mathilde et moi, on s'est regardés avec effarement.

– Le butin de l'hôtel Griffon ? Tu es parti avec ?

Il a hoché la tête.

– Je voulais pas qu'oncle Georges le fasse disparaître. C'est le seul moyen de faire libérer mon père. Je l'ai planqué sous mon matelas à la Villa Personne.

On n'a pas eu le temps de revenir de notre surprise. Au même instant, on a frappé à la porte de la Morgue.

Trois coups sourds qui nous ont fait sursauter.

– Ouvrez ! Vite ! a fait une voix étouffée.

C'était P. P. Il tombait à point, celui-là.

J'ai couru à la porte, l'ai déverrouillée et ai fait un bond en arrière.

20

Trop tard !

P. P. n'était pas seul.

Un type massif, au visage plat comme une enclume et coiffé d'un chapeau mou, le tenait fermement contre lui, un bras passé autour de sa gorge.

C'était l'homme à la Mercedes noire. Celui qui rôdait autour du collège la nuit de la Villa Personne.

– Oncle Georges ! a gémi le petit Blet.

– Oncle Georges ? on a fait en écho.

J'ai voulu refermer la porte. Mais, vif comme l'éclair, le malabar avait glissé son pied dans l'ouverture. D'un coup d'épaule, il a forcé le passage, m'envoyant bouler violemment contre l'armoire.

– Pas de ça, il a grondé.

P. P., étranglé sous son avant-bras, roulait des yeux affolés.

Le petit Blet, incapable d'un mouvement, contemplait son parrain comme s'il avait vu un fantôme.

– Samuel, a lancé ce dernier en prenant un ton mielleux. Quel soulagement de te revoir !

L'infirmerie semblait avoir rétréci brusquement. L'homme n'était pas grand mais tout d'un bloc. Un ancien catcheur, avait dit le petit Blet, avec des mains aussi larges que des planches à découper.

– Tu m'as fait peur, tu sais, il a ronronné. Disparaître comme ça, sans prévenir… Je te cherche partout depuis une semaine. Rentrons, maintenant. C'est terminé.

– Pas question, a fait courageusement Mathilde en s'interposant entre eux. Il reste avec nous.

Elle n'en menait pas large, elle non plus, ça se voyait.

Oncle Georges l'a ignorée.

– Tu m'entends, Samuel ? C'est moi, oncle Georges. Rentrons à la maison et je te jure qu'il n'arrivera rien à personne.

J'ai tenté d'intervenir à mon tour, histoire de gagner du temps.

– Vous n'avez pas le droit d'être ici. Comment êtes-vous entré, d'abord ?

– Par le petit balcon sur la rue. Je patrouillais dans le coin l'autre nuit, et la doudoune verte de votre camarade se voit de loin.

– La doudoune *jaune poussin*, n'a pu s'empêcher de corriger Mathilde. Vous êtes daltonien, en plus d'être un voleur ?

Mauvaise idée. Oncle Georges a tiqué et s'est tourné vers son filleul, l'air menaçant.

– Tu leur as tout raconté, c'est ça ?

Le petit Blet le fixait sans répondre.

La brute a resserré sa prise autour du cou de P.P., qui a émis un gargouillis terrorisé.

– Tu m'obliges à faire des choses qui ne me plaisent pas du tout, Samuel.

– Lâche-le ! S'il te plaît, oncle Georges, a imploré son filleul. Il n'y est pour rien.

– Pas tant que tu ne m'auras pas rendu ce qui m'appartient.

– Non. Cet argent ne t'appartient pas.

– Il n'est pas ici, c'est ça ? Tu n'as pas fait la bêtise de le garder avec toi ?

Comme le petit Blet ne répondait pas :

– Tu vas me conduire là où tu l'as caché, a ordonné son parrain. Et vite ! On a assez perdu de temps comme ça.

– Jamais.

– Tu préfères qu'il arrive des soucis à tes petits camarades ?

La voix de Samuel s'est étranglée.

– Tu peux faire ce que tu veux. Jamais tu retrouveras le butin !

Oncle Georges a paru hésiter. Une ride barrait son front, comme s'il ne savait quel parti adopter.

– Vous avez entendu ? s'est emportée Mathilde. On sait tous que c'est vous, le voleur de l'hôtel Griffon. Vous allez faire quoi, maintenant ? Nous éliminer l'un après l'autre, c'est ça ?

Le catcheur s'est tourné vers son neveu :

– Tu es mon filleul, Samuel. Jamais je ne te ferai de mal, tu le sais. Dis-moi où tu as caché le sac et je te jure que tu n'entendras plus jamais parler de moi.

– Pour que tu files avec et que papa reste en prison à cause de toi ? Jamais, oncle Georges !

Le petit Blet était blanc comme un linge. Le voir, lui, tout maigre, tenir tête à cette brute m'a redonné un peu de courage. Mais qu'est-ce que je pouvais faire ? Sauter sur oncle Georges par surprise ? Il tenait P. P. d'une main aussi facilement que s'il s'était agi d'un gros sac de linge sale et m'aurait assommé d'une seule baffe.

– Papa t'aimait. Il t'a toujours aidé. Comment tu as pu lui faire ça ? Regarde-moi, oncle Georges. Réponds ! Comment tu as pu lui faire ça ?

Oncle Georges a semblé se dégonfler d'un coup. Sa bouche s'ouvrait et se refermait, on aurait dit qu'il cherchait de l'air.

– Il faut comprendre, il a balbutié. J'étais aux abois, Samuel, j'avais absolument besoin de cet argent… Si seulement je pouvais rattraper… Mais c'est trop tard maintenant.

– Non, oncle Georges, il n'est pas trop tard ! Le procès n'a pas commencé. Tu peux encore te dénoncer, rendre l'argent… Fais-le pour papa. Pour moi. Je t'en prie !

– Non, a dit oncle Georges en reculant vers la sortie, tenant toujours P. P. contre lui. C'est trop tard… Je suis un misérable… J'ai tout gâché. Pardon, Samuel, pardon…

Ce n'était plus la brute de tout à l'heure. Il semblait au bout du rouleau, comme si quelque chose s'était brisé dans sa lourde carcasse.

Soudain, il a poussé un gémissement de douleur.

P. P. venait de mordre de toutes ses forces la main qui le bâillonnait.

– Au secours ! SOS ! À l'aide ! il a glapi en tentant de s'échapper.

Mais déjà oncle Georges l'avait rattrapé par le col. Il levait son énorme main quand une voix que je connaissais bien a retenti :

– Bas les pattes ! Les seuls qu'ont le droit de dérouiller P. P. dans ce collège, c'est nous !

– Ce vieux Phil ! je me suis exclamé.

– Philibert ! s'est écrié P. P. à son tour. Mon sauveur !

Lui et sa bande tombaient vraiment à pic. Presque que des redoublants en survêt de sport, l'œil mauvais et prêts à faire le coup de poing s'il le fallait.

Oncle Georges les a considérés d'un œil effaré. Une seconde, j'ai cru qu'il allait foncer dans le tas et les renverser comme des quilles de bowling. Puis il a haussé les épaules et s'est laissé tomber lourdement sur une chaise, la tête entre les mains.

– C'est qui, ce gus ? s'est étonné Philibert. Qu'est-ce qu'il fait dans *notre* infirmerie ?

– C'est oncle Georges. Mon parrain, a dit le petit Blet en se plaçant à côté du catcheur comme pour le protéger.

Philibert l'a regardé de travers.

– Et toi, le gamin, t'es qui ? Un petit nouveau ?

– Presque. Bonsoir, Philibert.

La bouche de ce vieux Phil s'est arrondie encore plus en découvrant qui venait de parler.

– Mathilde ? Ça alors. Qu'est-ce que tu fiches à la Morgue toi aussi ?

Il s'est tourné vers moi :

– Je comprends rien à ce que tu manigances, Rémi. J'espère juste que t'as chopé le voleur des cuisines, parce qu'on n'est pas venus pour jouer aux cartes, je te préviens.

– On l'a eu, oui, j'ai dit en évitant de regarder le petit Blet. C'est juste un peu plus compliqué que prévu, mais on va tout vous raconter.

– Excellente idée, Pharamon, a lancé une voix de stentor.

Un dernier personnage venait d'apparaître à la porte de la Morgue.

C'était M. Coruscant.

Il a écarté les internes et a pénétré d'un pas tranquille dans l'infirmerie. En avisant oncle Georges et le petit Blet, il a froncé les sourcils avant de déclarer :

– Je ne sais pas ce qui se passe ici, jeunes gens, mais M. le principal sera ravi que vous lui fournissiez quelques explications.

21

Samuel joue et gagne

De mémoire de redoublant, c'était la première fois que j'étais soulagé d'aller chez le principal.

D'habitude, je n'entre dans son bureau que pour me faire sonner les cloches. Je suis sans doute le recordman toutes catégories des punitions au collège, et il devrait y avoir une grosse coupe à mon nom au milieu des trophées sportifs qui trônent dans la salle des profs.

– Votre présence ne s'impose pas, mademoiselle Blondin, a fait M. Coruscant tandis qu'on traversait la cour. M. le principal n'apprécierait guère qu'une fille soit mêlée à des histoires d'internes.

Mathilde a murmuré un merci. En fait, elle risquait le renvoi pur et simple si on la découvrait avec nous. Mais elle aurait donné cher pour être une petite souris – ou tout bêtement un garçon – et pouvoir assister à ce qui allait suivre.

– Tu me raconteras ? elle a supplié avant de filer à regret.

– Promis.
– Sûr ?
– Puisque je te dis que oui !
– Bonne chance, alors.
On allait en avoir sacrément besoin.

M. Courtejambe travaillait avec M. Guillemet quand on a frappé à sa porte. Il a levé un sourcil contrarié et son visage s'est allongé de plus en plus à mesure qu'on entrait dans son bureau.

– Monsieur Coruscant ? Messieurs ? Que me vaut l'honneur de cette… euh… délégation ?

– Ces jeunes gens vous le diront eux-mêmes, a expliqué notre prof principal. Mais j'ai pensé de mon devoir qu'un adulte les accompagne.

– Eh bien ? a aboyé M. Courtejambe en se tournant vers nous. De quoi s'agit-il ?

On s'est regardés sans savoir par où commencer. Il allait falloir jouer serré : réussir à nous innocenter tout en empêchant oncle Georges de reprendre son filleul. La partie était loin d'être gagnée.

C'est P. P., tout juste remis de sa frayeur, qui s'est lancé.

Il adore se mettre en avant mais je n'étais pas mécontent, pour une fois, qu'il soit notre porte-parole.

– Veuillez nous pardonner cette intrusion tardive, il a commencé en esquissant une courbette. C'est que nous sommes porteurs de révélations fracassantes concernant l'affaire dite du « voleur de la cantine »...

– Pas en présence de deux personnes étrangères à l'établissement, l'a coupé M. Courtejambe avant de s'adresser à oncle Georges et à son filleul : Auriez-vous l'extrême amabilité de me dire qui vous êtes et ce que vous faites ici ?

– J'y venais, monsieur le principal, a tenté de reprendre P. P. Pour résoudre ce ténébreux mystère, il nous faut remonter à une autre affaire, celle de l'hôt...

Le petit Blet ne l'a pas laissé finir.

– Je m'appelle Samuel Blet, il a dit d'une voix qui tremblait un peu. Et voici mon oncle, Georges Blet. C'est moi qui ai cambriolé votre cantine.

Son culot nous a coupé le sifflet. Surtout lorsqu'il a ajouté :

– Je suis venu tout avouer. À la demande de mon oncle, qui a bien voulu m'accompagner.

J'ai fait un signe d'incompréhension à P. P., mais il avait l'air aussi surpris que moi. Même le catcheur a changé d'expression en entendant ces mots.

« À la demande de mon oncle ? » Qu'est-ce que c'était que ce délire ?

Le principal a dévisagé le petit Blet avec sévérité.

– C'est une affirmation très grave. Expliquez-vous, jeune homme.

– Je suis désolé, m'sieur, a dit Samuel en baissant la tête. C'est que j'avais faim…

– Faim ?

– On s'est disputés, oncle Georges et moi. Pour un truc idiot… Alors j'ai fugué. Je suis parti de chez lui, quoi. Sans argent et sans rien à manger… Ça sentait trop bon quand je passais dans la rue, alors…

M. Courtejambe et le CPE se sont regardés.

– Et par où entriez-vous ?

– La porte de derrière. Celle des livraisons.

– Impossible. Elle est fermée à clef.

– Mon père est serrurier. Je m'y connais un peu.

– Et comment se fait-il que votre père…

– Il est en voyage, m'sieur. J'habite chez mon oncle Georges.

Je n'en revenais pas. Le petit Blet mentait avec un aplomb incroyable. Non seulement il nous innocentait, mais il détournait l'attention de notre passage secret pour faire le mur !

Je commençais à le trouver sacrément balèze pour un gamin de son âge.

M. Guillemet a secoué gravement la tête.

– C'est une infraction punie par la loi que de pénétrer sans autorisation dans un établissement scolaire. Vous vous en rendez compte, mon garçon ?

Samuel a baissé la tête.

– Oui, m'sieur. C'est que j'avais faim. J'ai pas pensé que quelqu'un pourrait être puni pour ce que j'avais pris… C'est oncle Georges qui me l'a fait comprendre. C'est pour ça qu'on est venus tous les deux ce soir. Pour pas qu'un innocent paye à ma place parce que j'avais fait une grosse bêtise. Pas vrai, oncle Georges ?

Ce dernier écoutait, son chapeau à la main, contemplant son neveu d'un air sidéré. Il s'attendait à tout sauf à ça : au lieu de le dénoncer, le petit Blet lui donnait le beau rôle.

– Tu as raison, Samuel, il a fini par dire d'une voix étranglée. Ça ne serait pas juste.

Il a tiré un portefeuille de sa poche revolver et s'est tourné vers le principal.

– Mon filleul est un bon garçon, monsieur le principal. C'est ma faute, ce qui est arrivé. Depuis qu'il habite avec moi, j'ai pas été le parrain que j'aurais dû. J'ai eu de gros torts, mais je suis prêt à rendre l'argent… je veux dire, à rembourser ce que j'ai… enfin, ce qu'il a volé.

L'émotion le faisait bafouiller, mais P. P. et moi étions les seuls à comprendre ce qu'il essayait de dire au petit Blet.

M. Courtejambe a consulté M. Guillemet du regard, puis notre professeur principal :

– Qu'en pensez-vous, monsieur Coruscant ?

Celui-ci s'est raclé la gorge.

– Que ce garçon a eu beaucoup de courage en venant faire des aveux.

– Évitant ainsi une terrible erreur judiciaire ! a claironné P. P.

Un murmure approbateur est monté des internes et M. Coruscant a eu un sourire amusé. Visiblement, le principal n'avait aucune envie qu'on lui rappelle ses accusations injustes, car il a repris aussitôt la parole :

– Eh bien, dans ces conditions, je suis prêt à passer l'éponge, mon garçon. Si vous me promettez solennellement de ne jamais recommencer, bien entendu.

– Promis juré, m'sieur, a fait le petit Blet.

– Son père et moi y veillerons, a assuré oncle Georges. Vous pouvez nous faire confiance. Nous avons traversé une mauvaise passe, mais je compte bien me rattraper. Tout va rentrer dans l'ordre. N'est-ce pas, Samuel ?

Il avait posé une main sur l'épaule de son filleul, et je l'ai vu écraser du pouce une drôle de larme sur sa joue de catcheur.

– Oui, oncle Georges.

Le petit Blet avait-il raison de croire aux promesses de son parrain ? C'était un sacré pari que de lui redonner sa confiance après tout ce qui était arrivé. Mais il connaissait son oncle mieux que personne. Ce n'était peut-être pas un si mauvais bougre que ça, après tout, juste un type qui s'était mis dans une situation impossible et à qui son neveu venait de donner une chance de se racheter.

Du moins, c'est ce que j'espérais. Qui peut savoir ce qui se passe réellement dans la tête des adultes, surtout quand un gros magot est en jeu ?

Mathilde allait tomber de sa chaise quand je lui raconterais cet incroyable dénouement.

– À la bonne heure, a soupiré le principal avant de se tourner vers nous. Tout est bien qui finit bien, messieurs : vous serez donc autorisés à rentrer chez vous pour les vacances.

Un « Hourra ! » général a accueilli cette déclaration.

– Mais avant cela, nous avons une tradition qu'il convient de respecter : celle du dîner de Noël. Il a lieu ce soir, au réfectoire. Monsieur Coruscant, nous ferez-vous le plaisir de vous joindre à nous ?

– Avec grand plaisir. Si ces jeunes gens n'y voient pas d'inconvénient, bien sûr.

– Au contraire ! on s'est tous écriés.

– Philibert, auriez-vous la gentillesse de raccompagner nos visiteurs jusqu'à la sortie ? a demandé M. Guillemet.

– Les visiteurs ? Euh, oui, m'sieur.

Ce pauvre Phil n'avait rien compris à toute cette histoire, naturellement. Ni lui ni les crétins de sa bande. P.P. et moi allions devoir tout lui expliquer, et ça ne serait pas de la tarte, croyez-moi !

Mais on lui devait bien ça. Sans son intervention à la Morgue, qui sait comment la soirée se serait terminée ?

Déjà, M. Guillemet nous dirigeait vers le réfectoire. Impossible de faire nos adieux au petit Blet.

En passant à côté de moi, escorté par Philibert, il m'a adressé un clin d'œil et a articulé quelque chose qui ressemblait à un merci silencieux.

Puis il s'est éloigné dans la nuit, main dans la main avec oncle Georges.

J'ai filé au dîner de Noël des internes, mais le collège m'a paru soudain bien vide sans l'élève qui n'existait pas.

22

Un cadeau de Noël

Il neigeait à gros flocons cette dernière matinée avant les vacances de Noël.

J'avais bouclé mes affaires, mon sac m'attendait au dortoir, et le collège avait ce petit air de fête des moments qu'on attend avec impatience.

Dans la cour toute blanche, les garçons poursuivaient les filles en hurlant. La sonnerie avait déjà retenti deux fois, mais personne ne semblait l'avoir entendue. Même les profs avaient l'esprit ailleurs. Ils papotaient sous le préau, emmitouflés dans des écharpes, un gobelet de café fumant à la main.

C'était sûr, les dernières heures de cours se passeraient à faire des jeux du bac, des parties de morpion ou à bayer aux corneilles en regardant tomber la neige derrière les fenêtres de la classe.

– Alors ?

Mathilde a failli me tomber dans les bras.

– Alors quoi ?

– Hier soir ! Raconte !

Elle avait le nez rouge d'avoir couru, le bonnet enfoncé jusqu'aux oreilles et ses cils couverts de givre ressemblaient à du sucre glace.

– Ne me regarde pas avec cet air stupide ! Comment ça s'est fini chez le principal ? elle a trépigné en me secouant le coude.

J'ai avalé mon reste de croissant et je lui ai tout raconté. Enfin, j'ai essayé, parce qu'elle n'arrêtait pas de m'interrompre pour me demander plus de détails et pousser des exclamations de surprise.

– Incroyable ! elle a fait quand j'ai pu terminer. Oncle Georges va se dénoncer, alors ?

– Sais pas. J'espère.

– Et le père de Samuel va sortir de prison ?

– Sais pas. J'espère.

– Et tu crois qu'on le reverra ?

– Qui ça ?

– Fais un effort, Rémi ! Le petit Blet, ton élève mystère !

– Sais pas. J'espère.

– Ça, tu l'as déjà dit. Qu'est-ce que tu as ce matin ? Tu as autant de conversation qu'une bûche.

Comment lui dire que je n'osais pas aborder la seule question qui m'intéressait ? Et que, si je ne le faisais pas, j'allais passer toutes les vacances à me ronger les sangs ?

Elle a gobé au vol un flocon avant de demander :

– À propos, tu fais quoi pour Noël ?

– Bof… Chez mon oncle Firmin avec ma mère, comme d'habitude.

– Et tu sais ce que tu auras, comme cadeaux ?

– Bof… Des trucs utiles, comme d'habitude.

– Génial. Moi, merci de le demander, je vais au ski. Et mes parents m'offrent pour Noël une inscription d'un an au club hippique !

– Mathilde…

– Qu'est-ce qui se passe là-bas ? Viens.

L'attroupement qui s'était formé au milieu de la cour était plus intéressant que moi, visiblement. Je me suis frayé un chemin derrière elle en maudissant ma lâcheté et le caractère de girouette de Mathilde.

Une bonne partie du collège était massée autour du bonhomme de neige qui avait presque doublé de volume. Il portait un bonnet jaune poussin sur la tête, et quelqu'un lui avait fait de grosses lunettes d'intello avec deux verres à eau de la cantine.

À côté, sur une table, était posée une provision de boules de neige et un petit écriteau qui disait :

Trois euros seulement la partie.
Tentez votre chance !

– Cette chère Mathilde, ce bon Rémi ! Approchez, mes amis ! s'est écrié P. P. en nous apercevant. Une petite partie de jeu de massacre ?

Comme on ouvrait des yeux ronds :

– Tir à dix mètres, a expliqué P. P. en se frottant

les mains. Je fournis les munitions. Le premier qui dégomme le couvre-chef a gagné.

– Avoir frôlé le kidnapping ne t'a pas traumatisé, je vois, a fait remarquer Mathilde.

P.P. a ri à gorge déployée.

– Moi, kidnappé ? Tu plaisantes, j'espère. Je n'ai fait qu'une bouchée de ce catcheur.

Au même instant, une boule s'est écrasée en plein sur son visage, envoyant valser la toque à oreillettes qu'il portait sur le crâne.

– Gagné ! a hurlé Philibert en levant les bras au ciel.

– Ah, mais pas du tout ! a glapi P.P., les lunettes de travers et postillonnant de la poudreuse. Tu t'es trompé de cible, espèce de primate !

Une nouvelle boule de neige lui a cloué le bec, suivie d'un tir en rafales tandis qu'il s'efforçait de riposter.

En fait de jeu de massacre, P. P. allait être servi…

Avant que ça dégénère en bataille rangée, j'ai entraîné Mathilde à l'écart.

– Qu'est-ce qu'il y a, Rémi ? Juste au moment où ça devenait amusant !

– Je voulais te demander… pour l'autre nuit.

– L'autre nuit ?

– Quand tu m'as… embrassé. Est-ce que ça voulait dire…

Son souffle faisait de petits nuages de vapeur. Nos visages étaient si près l'un de l'autre que je pouvais sentir le parfum de menthe qu'il répandait.

– Est-ce que ça voulait dire *quoi* ?

– Ben que… Enfin, tu comprends.

Elle n'était pas disposée à m'aider, visiblement. Elle se contentait de me regarder, une fossette amusée sur la joue, les yeux démesurément agrandis par ses cils étincelants de glace.

J'ai poursuivi en bredouillant :

– Je me demandais… eh bien… si tu l'avais fait exprès. Ou si c'était moi qui me… enfin… qui me faisais juste des idées.

Mathilde a éclaté d'un rire malicieux.

– Fait exprès, moi ? Bien sûr que non. Qu'est-ce que tu vas imaginer ?

Et là, sans crier gare, elle s'est suspendue au col

de mon blouson et a plaqué un baiser résolu sur ma bouche.

– Ça, c'est mon cadeau de Noël en avance, Rémi, elle a murmuré. Tu viens, maintenant ?

Et on a couru rejoindre la bataille de boules de neige sous les flocons qui tombaient aussi dru qu'une pluie de confettis.

Épilogue

Quelques semaines après la rentrée d'hiver, alors que la vie avait repris son cours dans notre vieux bahut, on a reçu un colis.

Quelqu'un l'avait déposé à la loge à notre adresse :

« Rémi Pharamon, Pierre-Paul de Culbert et Mathilde Blondin, collège Chateaubriand. »

C'est si rare de recevoir du courrier ici, surtout à nos trois noms, qu'on s'est hâtés de rejoindre notre quartier général, au fond de la bibliothèque, pour l'examiner plus tranquillement.

Pas de nom d'expéditeur. Un paquet anonyme enveloppé de papier kraft et ficelé avec soin.

– Attention, a fait P. P. C'est peut-être un colis piégé.

– Dans ce cas, il n'aurait été adressé qu'à toi, a plaisanté Mathilde. Deux kilos de mortadelle explosive envoyés par un admirateur anonyme ?

– Je crois que j'ai ma petite idée, j'ai dit en lui tendant les ciseaux. À toi l'honneur.

J'avais fini par penser que nous n'aurions plus

jamais de nouvelles de l'élève qui n'existait pas. Mais, avant même de l'ouvrir, j'ai su tout de suite qui nous avait envoyé ce colis.

À l'intérieur, soigneusement repassés et pliés dans une boîte en carton, les vêtements que nous avions empruntés à la lingerie pour le petit Blet.

Un curieux trousseau de tiges métalliques glissé dans un étui en cuir jaune.

Un paquet de Country Snack, la marque préférée de P. P.

Une enveloppe, enfin, contenant une lettre rédigée d'une écriture ronde et appliquée.

On se l'est passée de main en main, la gorge un peu serrée, pour la lire chacun à notre tour.

Chère Mathilde, cher Rémi, cher Pierre-Paul,

J'espère que vous avez passé un bon Noël.

Moi, ça va super depuis que mon père a été libéré. Oncle Georges a tenu sa promesse : il a tout avoué à la police. Mais comme il a rendu le butin, l'avocat dit qu'il ne devrait pas prendre une peine trop lourde. Vous savez quoi ? Les outils de mon père, il a pas fait exprès de les oublier dans la chambre forte de l'hôtel Griffon... De l'oncle Georges tout craché !

Il dit que quand tout sera fini, il ira vivre en Argentine. Ils adorent le catch là-bas, il paraît, et il y a plein de matchs à organiser.

Mon père et moi, on a déménagé. Il a repris une boutique dans une autre ville et je l'aide après la classe.

Est-ce que quelqu'un habite à la Villa Personne depuis que je suis parti ?

J'aurais trop aimé faire ma sixième dans votre collège et être interne avec vous. Mais dans ma nouvelle école, ils font apprentissage serrurerie après la troisième, alors c'est cool et je travaille à fond pour y arriver.

Mathilde, si tu lis ma lettre, remercie pour moi ta copine de la chorale. Rémi, est-ce que ta lampe torche remarche ? Je ne suis pas sûr que ce soit juste les piles, tu sais. Mon père m'a acheté pour Noël un jeu de Subbuteo, j'espère qu'on se fera une partie tous les deux un de ces quatre.

Excusez les fautes d'orthographe si y en a, et encore merci. Je vous renvoie les vêtements. Et de nouvelles

barres de céréales, en espérant que c'est bien celles-là que tu aimes, Pierre-Paul.
Salut.

Signé : Samuel Blet (qui existe vraiment !)

Il y avait un post-scriptum :

Je vous envoie aussi un petit cadeau. Pierre-Paul doit connaître son nom, ça s'appelle un rossignol, pareil que l'oiseau. Il n'est pas tout neuf mais avec un peu d'entraînement, on peut ouvrir toutes les portes avec.
On ne sait jamais, ça peut toujours vous être utile s'il vous arrive de nouvelles aventures.

– Des aventures ? s'est récrié P. P. Mais il ne se passe jamais rien dans notre collège !
– Dommage, a soupiré Mathilde. Je commençais à y prendre goût, pas vous ?
P. P. s'est accoudé sur la table et a posé son menton dans ses mains.
– J'ai beau avoir une imagination débordante, la seule chose extraordinaire qui pourrait encore arriver cette année, c'est que ce pauvre Rémi passe en troisième.
– Ou que tu aies le prix d'excellence de modestie, Pierre-Paul, a répliqué Mathilde du tac au tac.
J'avais sorti le rossignol de son étui. C'était la

première fois que je voyais un passe-partout ailleurs que dans les films. Il était constitué d'une série de tiges de tailles différentes, un peu comme le cure-pipe de M. Guillemet, et je me suis demandé laquelle pourrait ouvrir la grille de la Villa Personne.

Il y avait un peu de soleil ce jour-là et elle paraissait moins sinistre vue de la bibliothèque. Mais pour rien au monde je n'y aurais remis les pieds.

– N'empêche, a dit P.P., il y a quelque chose que je ne comprends toujours pas. Puisqu'il l'avait emporté, pourquoi Samuel n'a-t-il pas puisé dans le magot pour s'acheter à manger ? Avec un million d'euros, il pouvait s'offrir d'incroyables gueuletons !

– Peut-être parce que cet argent n'était pas à lui, P.P.

– Et qu'il voulait le rendre jusqu'au dernier centime pour que son père soit mis totalement hors de cause, a complété Mathilde.

Elle a replié soigneusement la lettre et l'a remise dans son enveloppe.

– Ça vous ennuie si je la garde en souvenir ? Je l'aimais bien, ce petit Blet.

– Lui aussi t'aimait bien.

– Qu'est-ce qui te fait dire ça, Rémi ?

– Bah, j'ai dit. Sa façon de te regarder.

Mathilde a levé les yeux au ciel et m'a donné un petit coup d'épaule.

– Tu es bête, elle a dit en rougissant, avant d'ajouter, histoire de changer de sujet : Ça vous dirait qu'on se fasse un petit goûter, les garçons ?

– Ah, que nenni ! s'est écrié P. P. en faisant disparaître les Country Snack au fond de son sac. Elles me reviennent de droit. Puis-je vous rappeler que, dans cette ténébreuse affaire, je n'ai été qu'une victime innocente ?

Glouton, radin et vaniteux... On ne changera jamais P. P. Cul-Vert.

– Alors, je prends le rossignol, j'ai décrété en l'agitant sous son nez. Il devrait être super efficace sur le cadenas de ton placard.

– Dès ce soir, j'installe une alarme électrifiée, a

riposté P. P. Si tu t'approches de mon armoire, tu grilleras aussitôt comme une vulgaire saucisse.

En fait, j'étais ravi moi aussi de garder un souvenir de l'élève qui n'existait pas.

Le petit Blet avait peut-être raison. Qui sait ce que l'année nous réservait comme nouvelles aventures ?

On formait une équipe du tonnerre, Mathilde, P. P. Cul-Vert et moi. Autant disposer d'un équipement professionnel si une nouvelle enquête venait à se présenter.

Table

Jean-Philippe Arrou-Vignod

L'auteur

Jean-Philippe Arrou-Vignod est né à Bordeaux. Il vit successivement à Cherbourg, Toulon et Antibes, avant de se fixer en région parisienne. Après des études à l'École normale supérieure et une agrégation de lettres, il enseigne le français au collège. Passionné de lecture depuis son plus jeune âge, il s'essaie très tôt à l'écriture et publie son premier roman à l'âge de vingt-six ans.
Il est depuis l'auteur de nombreux romans, pour la jeunesse comme pour les adultes.

Du même auteur chez Gallimard Jeunesse

Enquête au collège

Le professeur a disparu
Enquête au collège
P. P. Cul-Vert détective privé
Sur la piste de la salamandre
Le Mystère du Loch Ness
Le Club des Inventeurs
Sa Majesté P. P. Ier
L'Élève qui n'existait pas

Enquête au collège, l'intégrale 1 et 2

Histoires des Jean-Quelque-Chose

L'Omelette au sucre
Le Camembert volant
La Soupe de poissons rouges
Des vacances en chocolat

La Cerise sur le gâteau
Une belle brochette de bananes
Un petit pois pour six
Une famille aux petits oignons (*l'intégrale 1 et 2*)

Magnus et Mimsy
Magnus Million et le dortoir des cauchemars
Mimsy Pocket et les enfants sans nom

Le Collège fantôme

Agence Pertinax, filatures en tout genre

Bon anniversaire !

L'Invité des CE2

Le Livre dont je ne suis pas le héros

Louise Titi (*album illustré par Soledad*)

Rita et Machin (*série d'albums réalisée en collaboration avec Olivier Tallec*)

Le Prince Sauvage et la renarde (*album illustré par Jean-Claude Götting*)

Comment Akouba inventa l'écriture (*album illustré par Tali Ebrard*)

Héros, 40 personnages de roman (*coécrit avec Patricia Arrou-Vignod*)

Serge Bloch

L'illustrateur

Serge Bloch vit à Paris. Il a illustré des livres et des quotidiens en France, aux États-Unis et au Japon. Il se résume ainsi : « Je fais du dessin à idées, j'essaie d'être simple et discret pour que ces idées soient rapidement perçues par le lecteur, sans trop d'effets. J'essaie d'y mettre de l'humour. » Chez Gallimard Jeunesse, il a notamment mis en images la série *Enquête au collège* mais aussi *L'Encyclopédie des cancres, des rebelles et autres génies* et *L'Encyclopédie des rebelles, insoumis et autres révolutionnaires*.

www.sergebloch.com

Retrouvez les héros de la série
Enquête au collège

dans la collection

FOLIO JUNIOR

1. LE PROFESSEUR A DISPARU

nº 558

« Monsieur le principal,
Un petit mot de Venise où nous sommes bien arrivés. Il fait beau, et le carnaval bat son plein. Transmettez notre bonjour à tous les copains de la classe.
Signé : Mathilde, Rémi, Pierre-Paul, les gagnants du concours.
P.-S. : Un détail, cependant, M. Coruscant, le professeur qui nous accompagnait, a disparu cette nuit dans le train qui nous conduisait à Venise. Mais rassurez-vous : nous sommes sur la piste des ravisseurs. »

2. ENQUÊTE AU COLLÈGE

n° 633

Que se passe-t-il donc au collège ? Qui se promène la nuit dans les couloirs déserts ? Quels secrets abritent les sous-sols où aucun élève n'est jamais allé ? Qui a saccagé la salle de sciences naturelles et assommé M. Cornue, le laborantin ? Le principal cherche des coupables parmi les internes… Une seule solution pour Rémi et P. P. Cul-Vert, aidés de la douce Mathilde : découvrir eux-mêmes la vérité.

3. P. P. CUL-VERT DÉTECTIVE PRIVÉ

n° 701

Un lugubre cottage anglais, une hôtesse inquiétante, des bijoux volés, un singulier spécialiste des poisons orientaux… et voilà un innocent séjour linguistique transformé en palpitante aventure.
Rémi, Mathilde et Pierre-Paul sont plongés en plein mystère ! Heureusement, P. P. Cul-Vert est là : la loupe à la main, il n'a pas son pareil pour résoudre les énigmes… ou pour les embrouiller !

4. SUR LA PISTE DE LA SALAMANDRE

n° 753

Une chasse au trésor organisée par un journal : quelle aubaine pour Mathilde, Rémi et Pierre-Paul, spécialistes de l'aventure ! Eux qui redoutaient de s'ennuyer pendant les vacances, les voilà lancés sur la piste d'une statuette de salamandre qui semble intéresser de mystérieux concurrents... Dans un manoir abandonné ou dans le dédale de souterrains secrets, les énigmes et les dangers se succèdent. Il faut dire qu'avec P. P. Cul-Vert les vacances ne sont jamais de tout repos !

5. LE MYSTÈRE DU LOCH NESS

n° 870

Rémi et Mathilde ont reçu un message de leur ami Pierre-Paul : ils doivent le rejoindre à Keays Castle, en Écosse. Mais, à leur arrivée, aucune trace de P. P. Rugissements de fauves, fracas de vaisselle brisée, bruits de pas, concert de cornemuse... leur séjour au château semble prendre une tournure étrange. Parviendront-ils à élucider l'énigme du monstre du Loch Ness ?

6. LE CLUB DES INVENTEURS

n° 1083

Décidément, P. P. Cul-Vert n'est jamais à court d'idées. Sa dernière lubie ? Présenter un prototype de sa fabrication au grand concours du Club des Inventeurs ! Pour protéger sa géniale trouvaille, une seule solution : engager Mathilde et Rémi comme gardes du corps...
À la fin du livre, découvrez également, en exclusivité mondiale, les carnets secrets de P. P. Cul-Vert.

7. SA MAJESTÉ P. P. Ier

n° 1659

P. P. Cul-Vert absent le jour du conseil de classe ? Rémi et Mathilde sont très inquiets. P. P. a bel et bien disparu, laissant derrière lui les livres les plus barbants du CDI, des paquets de biscuits éventrés et d'autres indices moins identifiables. Leur enquête conduit Rémi et Mathilde sur une île bretonne minuscule, coupée du reste du monde. Que fait P. P. dans cet ancien repaire de pirates ?

Le papier de cet ouvrage est composé de fibres naturelles, renouvelables, recyclables et fabriquées à partir de bois provenant de forêts plantées et cultivées expressément pour la fabrication de la pâte à papier.

Mise en pages : Françoise Pham

Loi n° 49-956 du 16 juillet 1949
sur les publications destinées à la jeunesse.
ISBN : 978-2-07-514778-1
Numéro d'édition : 544596
Premier dépôt légal dans la collection : décembre 2020
Dépôt légal : avril 2022

Imprimé en Espagne par Novoprint (Barcelone)